Holly Watson

Die Sherlock Holmes Academy

Geheimcode Katzenpfote

Holly Watson

Die Sherlock Holmes Academy

Geheimcode Katzenpfote

Ravensburger Buchverlag

Sherlock-H

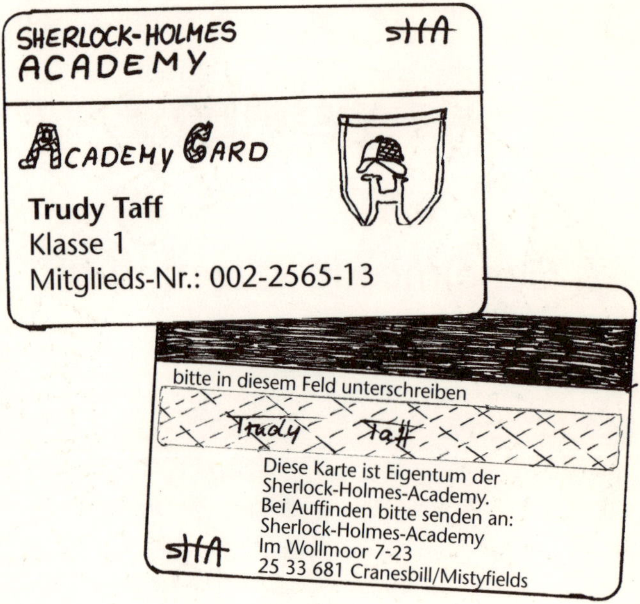
SHERLOCK-HOLMES ACADEMY
SHA
ACADEMY CARD
Trudy Taff
Klasse 1
Mitglieds-Nr.: 002-2565-13
bitte in diesem Feld unterschreiben
Trudy Taff
Diese Karte ist Eigentum der Sherlock-Holmes-Academy.
Bei Auffinden bitte senden an:
Sherlock-Holmes-Academy
Im Wollmoor 7-23
25 33 681 Cranesbill/Mistyfields
SHA

SHERLOCK - HOLMES
ACADEMY
SHERLOCK-HOLMES-ACADEMY-23
1
HOLMES-MÜNZE

SHA·I
SHERLOCK-HOLMES-GEDAECHTNIS-MUENZE-ZUR-ACADEMY-GRUEND
1903

es-Academy

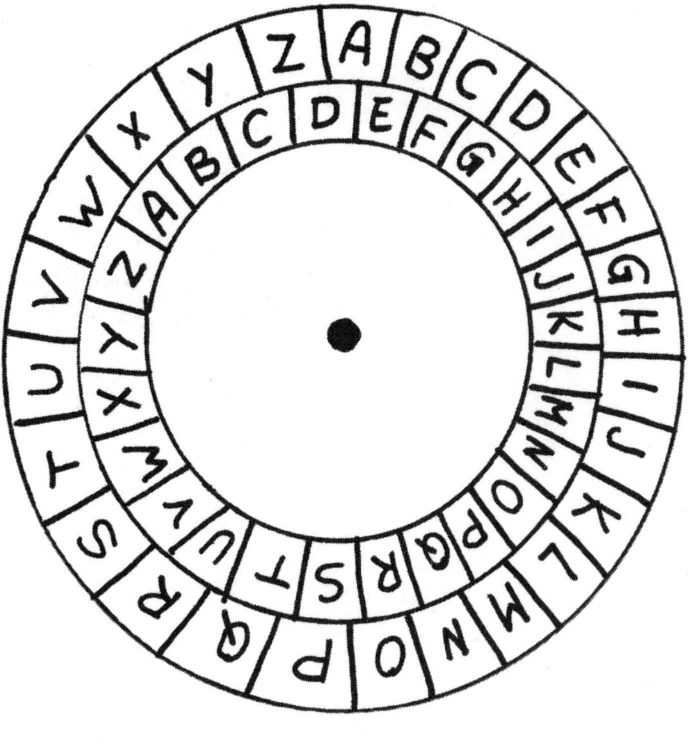

Wie diese **Cäsarscheibe** funktioniert, steht auf Seite 99 im Buch.

Sherlock-
1 Schulgebäude
2 Mädchentrakt
3 Westturm mit Uhr
4 Trudys Zimmer
5 Geheimgang im Kleidersc
6 Hauptflügel West
7 Hauptportal
8 Hauptflügel Ost
9 Funkturm mit Paternoster
10 Jungstrakt
11 Sherlock-Holmes-Biblioth
12 Spürhunde-Schule u. Fahr
Schul-
Gebäude
1
2
Neben-
gebäude
West
3
Westturm
4
5
6
zur Küche
7
Hauptflügel West

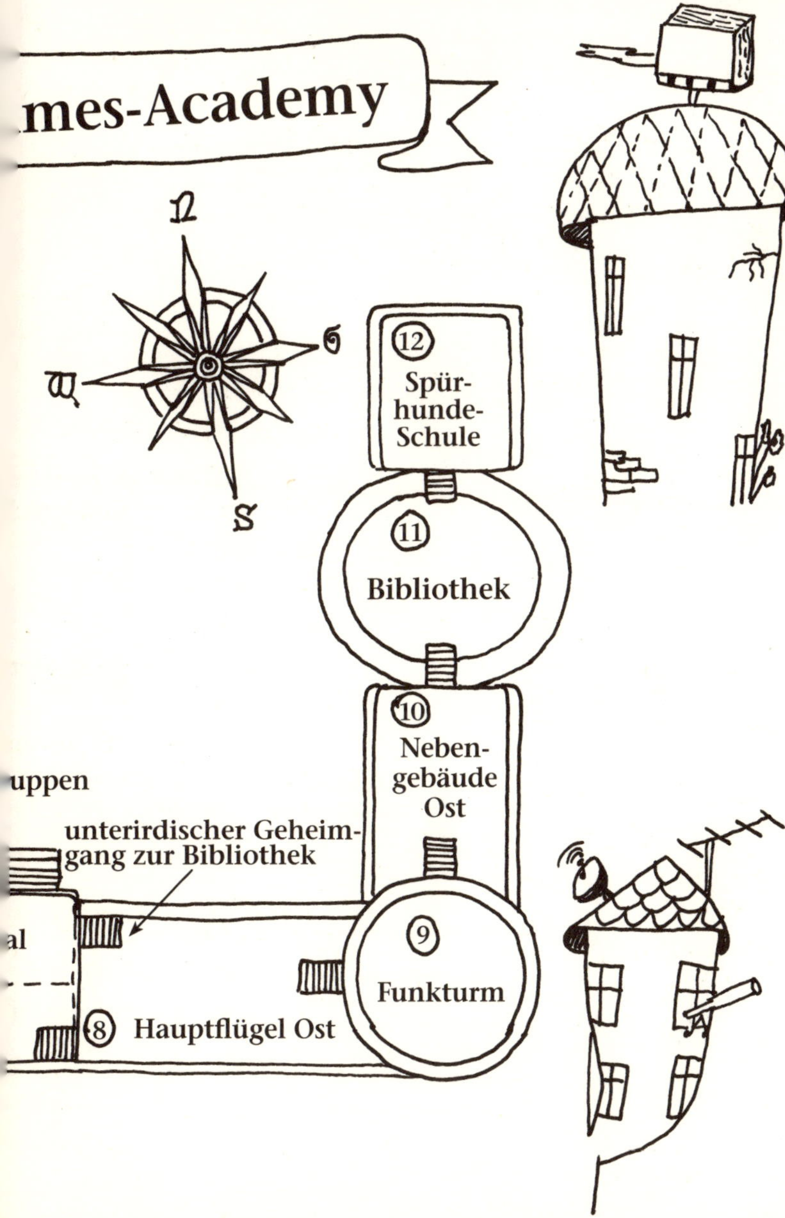

…mes-Academy
N
O
W
S
12 Spür-hunde-Schule
11 Bibliothek
10 Neben-gebäude Ost
…uppen
unterirdischer Geheim-gang zur Bibliothek
…al
9 Funkturm
8 Hauptflügel Ost

Als Ravensburger Taschenbuch
Band 52537
erschienen 2015

MIX
Aus verantwortungsvollen Quellen
FSC® C114500

1 2 3 4 18 17 16 15

Ungekürzte Lizenzausgabe
mit freundlicher Genehmigung der Thienemann Verlag GmbH, Stuttgart

Gesamtausstattung: Nadine Jessler
Einbandillustration: Franziska Harvey
Illustrationen Karten: Holly Watson

Ravensburger Buchverlag Otto Maier GmbH
Postfach 18 60, 88188 Ravensburg
Printed in Germany
ISBN 978-3-473-52537-9

www.ravensburger.de

Die Prinzessin in der Nacht

Ein jaulender Sturm trieb von Osten her über die schottische See, ließ die Wellen meterhoch an den Klippen zerschellen und peitschte noch viele Hundert Meter weiter landeinwärts gegen Trudys Turmfenster. Der eisige Regen prasselte gegen die Scheibe, als würde jemand aus vollen Händen Kieselsteine dagegenschleudern.

»Hach«, seufzte Trudy glücklich, »zu Hause, endlich wieder zu Hause!«

»Das lass mal nicht deine Eltern oder Tante Rita hören«, murmelte Marlene und tauchte kurz aus Trudys Koffer auf, in dem sie schon seit einer halben Stunde wühlte. Genauer gesagt, seitdem Victor, der Hausdiener der Sherlock-Holmes-Academy, Trudys Koffer in ihr Zimmer getragen hatte. Die Gepäckzeremonie nach den Ferien war für sämtliche Schüler der Sherlock-Holmes-Academy immer eine Geduldsprobe. Es war ihnen streng untersagt, die Koffer selbst zu tragen. »Reine Schikane«, behaupteten die einen. »Machtprobe«, die anderen. Aber Trudy glaubte weder an das eine noch an das andere. Sie war der festen Überzeugung, dass die Schulleitung jede Tasche einer umfangreichen Inspektion unterzog. Schließlich war die Sherlock-Holmes-Academy nicht irgendeine Schule, sondern das Lernzentrum für angehende Detektive. Allein die Bibliothek enthielt mehr geheime Daten, als vermutlich Scotland Yard zur Verfügung standen.

Marlene hielt eine Plastiktüte mit spitzen Fingern gegen das Licht. »Was ist das, Trudy?«

»Katzenzungen«, antwortete Trudy und hüpfte auf die Fensterbank.

»Igitt, etwa echte?«, flüsterte Marlene, ließ die Tüte angewidert fallen und schüttelte sich.

»Hm, hm. Täuschend echte.« Trudy grinste und klemmte ihr glattes langes Haar hinter den Ohren fest, wie immer, wenn sie nichts verpassen wollte. Und von diesem Wiedersehen mit Marlene und von ihrer Reaktion auf die Schätze im Geheimversteck in Trudys altem Koffer wollte sie nicht eine einzige Sekunde versäumen. Drei lange Wochen hatte sie darauf gewartet und jeden Morgen einen weiteren Tag auf ihrer Liste weggestrichen. Das Aufregendste in dieser Zeit war der Ausflug ins Einkaufscenter für Spionagezubehör gewesen.

»Trudy!«, hatte ihre Mutter erschrocken gerufen, nachdem sie ihre Tochter zu Beginn der Winterferien an sich gedrückt und danach auf Armlänge von sich geschoben hatte. »Hättest du dir das mit dem Wachsen nicht ein paar Wochen eher überlegen können? Etwa zu der Zeit, als wir dir die komplette Schuluniform gekauft haben?«

Dass ihre Mutter sie gleich zur Begrüßung mit dem ersten Satz an die scheußliche Schuluniform erinnern musste! Wenn Trudy es sich recht überlegte, dann war diese Uniform überhaupt das einzig Schlimme an der ganzen Academy. Das hatte sie in ihrer Vorstellung damals natürlich nicht erwartet, als ihre Eltern ihr verkündet hatten, dass sie von nun an auf die Sherlock-Holmes-Academy gehen würde.

»Ihr wollt doch nicht eure einzige Tochter auf eine solch angestaubte Schule schicken anstatt in die angesagte I.O.S., das hochmoderne Ausbildungszentrum für Spione?« Trudy hatte es nicht glauben wollen, aber ihre Eltern hatten es wahr gemacht.

Zum Glück, dachte Trudy und grinste, als Marlene wieder neugierig mit neuer Beute aus Trudys Koffer auftauchte. Marlene war nämlich ihre beste Freundin und das Allerbeste an der gesamten Academy.

»Trudy?«, fragte Marlene, als sie das nächste Tütchen hochhielt. »Und das sind hoffentlich keine echten Mäuseschwänze?«

»Nein, natürlich nicht.« Trudy freute sich, dass ihre Errungenschaften so täuschend echt auf Marlene wirkten. »Wenn du es genau wissen willst: Das sind spezielle Kaugummis. Für den Fall, dass du mal unverhofft einen Abdruck machen musst und du keine Detektivtasche dabeihast.«

»Wahnsinn«, flüsterte Marlene und bestaunte entzückt Trudys Schätze. Dann verzog sich plötzlich die Freude aus ihrem Gesicht, als würden sich düstere Regenwolken vor die Sonne schieben.

»Wir teilen schwesterlich«, erklärte Trudy schnell und freute sich über Marlenes Lächeln. Schon beim Einkaufen im Spionagecenter hatte sie immerzu an Marlene gedacht. Es wäre noch tausendmal schöner gewesen, zusammen mit Marlene durch die Reihen von »Verblöffendes Spionagezubehör« zu streifen. Marlene war noch nie dort gewesen. Ihre Eltern arbeiteten als Kommissare in Cranesbill, unweit der Sherlock-Holmes-Academy, und hatten keine Zeit gefunden, mit Marlene ins Einkaufscenter für Spionagezubehör zu fahren. Sie bestellten, was sie für Marlene benötigten, einfach per Post.

»Dann will ich mal hoffen, dass die Mäuseschwänze nicht nach Maus und die Katzenzungen nicht nach Katze schmecken«, kicherte Marlene und öffnete das

Tütchen mit den Katzenzungen. Bevor Trudy ihre Freundin warnen konnte, kaute sie schon munter drauflos.

»Marlene, nicht!«, rief Trudy noch. Doch es war schon zu spät.

Marlene spuckte und würgte. »Igitt, Trudy!«, wimmerte sie, schnappte sich wie eine Verdurstende die halb volle Wasserflasche von Trudys Nachtschränkchen und leerte sie in einem Zug.

»Die Katzenzungen schmecken wirklich nach Katze«, bestätigte Trudy überflüssigerweise. »Sie sind für Hunde gedacht, als Ablenkung, wenn wir unbemerkt und in Ruhe irgendwo ermitteln wollen.«

»Das hättest du mir auch eher sagen können«, fand Marlene und beäugte die Katzenzungen, Mäuseschwänze, Eulenfüße, Schweineöhrchen und all die anderen Schätze aus Trudys Koffer, als wären sie giftige Schlangen.

»Ich konnte ja nicht ahnen …«, wollte Trudy sich gerade verteidigen, als sie Schritte auf dem Flur hörte.

Mit einem Satz sprang sie auf, warf alle Heimlichkeiten zurück in den Koffer und sah dann Marlene hinterher, wie sie durch ihren Kleiderschrank davonschlich.

Dieser Geheimgang in Trudys Schrank war überhaupt die aufregendste Entdeckung in ihren ersten Wochen in der Sherlock-Holmes-Academy gewesen. Welch eine Sensation, als Marlene und sie herausgefunden hatten, dass es einen Geheimgang zwischen ihren Zimmern gab. Marlenes Zimmer lag genau ein Stockwerk tiefer im Westturm der Academy. Und dann dieses unfassbare Abenteuer: In Trudys altem Kleiderschrank gab es eine Bodenklappe, unter der ein Geheimgang direkt in Marlenes Kleiderschrank endete. Über eine Strickleiter konnten sie sich besuchen, wann immer sie wollten. Sogar mitten in der Nacht, dann, wenn es streng verboten war, auf den Gängen herumzustreunen. Niemand würde sie erwischen.

Die Schritte wurden leiser und Trudy wartete noch einen Augenblick, bis sie in den Kleiderschrank kroch und der unten wartenden Marlene zuraunte: »Du kannst wieder raufkommen, falscher Alarm!«

Doch Marlene kam nicht. »Von wegen: falscher Alarm!«, wisperte Marlene zurück. »Hast du mal aus dem Fenster gesehen?«

Sekunden später entdeckte Trudy, was Marlene meinte. Eine riesige schwarze Limousine war vor dem Hauptportal vorgefahren. Ein Mann im schwarzen

Anzug öffnete gerade die hintere Wagentür und hielt jemandem seine in einem weißen Handschuh steckende Hand entgegen. Auf der untersten Treppenstufe stand Isolde Korn, die Schulleiterin der Sherlock-Holmes-Academy, zur Begrüßung bereit, und Victor, der Hausdiener, hievte jede Menge Gepäckstücke aus dem Kofferraum der Limousine. Trudy drückte sich fast die Nase an der Fensterscheibe platt, um zu sehen, wer von ihren Mitschülern mit solch einem Aufgebot anreiste. Und das noch mitten in der Nacht. Zu ihrer maßlosen Enttäuschung ließ der Fahrer aber einen riesigen Regenschirm aufspringen und verwehrte Trudy damit einen Blick auf den Schüler oder die Schülerin.

»Ich weiß ja nicht, was du machst«, flüsterte Marlene plötzlich hinter ihr und ließ Trudy vor Schreck herumfahren. Trudy war so versunken in den Anblick dieser Anreisezeremonie gewesen, dass sie gar nicht gehört hatte, wie Marlene zurück in ihr Zimmer geklettert war. Mit wild entschlossenem Blick verkündete diese nun: »Ich jedenfalls werde mir das Spektakel dort unten sicher nicht entgehen lassen.«

Sie sprach Trudy aus der Seele und so schlichen sie auf leisen Sohlen durch die nächtlichen Flure der Sherlock-Holmes-Academy. Das größte Hindernis war dabei das offene und weit ausladende Treppenhaus im Hauptgebäude. Der Weg durch den Westturm war ein Kinderspiel, zumal Victor, der Einzige, der sie hier regelmäßig bei ihren Wanderungen erwischte, mit dem Neuankömmling mehr als beschäftigt war.

Einmal sah Trudy gerade noch rechtzeitig in einem großen Wandspiegel, mit dem man einen Blick in den Flur rechts um die Ecke werfen konnte, dass ein elfengleiches Mädchen ihnen entgegenkam. Trudy zog Marlene mit sich hinter eine mannshohe Sherlock-Holmes-Büste. Dort kauerten sie, bis das Mädchen nicht mehr zu sehen war. Nicht auszudenken, wenn ausgerechnet die Oberzicke Violetta sie hier erwischt hätte. Warum auch immer sie selbst zu so später Stunde durch die Gänge schlich, sie hätte einen Grund gefunden, Trudy und Marlene zu verpetzen.

»Ich glaub, die Luft ist rein«, flüsterte Marlene und pirschte sich mutig bis zur nächsten Nische hinter einer alten Kommode vor.

Sie hockten gerade beide hinter einem riesigen Ohrensessel, als sie Frau Korns Stimme klar und deutlich hören konnten.

»Ich heiße Sie herzlich willkommen in der Sherlock-Holmes-Academy! Es ist mir eine große Ehre, dass Sie ausgerechnet unser bescheidenes Internat für

Ihre Tochter ausgewählt haben«, sagte sie mit solch einer Feierlichkeit in der Stimme, dass Trudy vor Neugier zu platzen drohte.

»Es gibt gute Gründe dafür, Madame«, antwortete eine tief tönende Männerstimme mit ausländischem Akzent.

Trudy gab Marlene ein stummes Zeichen und dann schoben sie den Sessel leise und Zentimeter für Zentimeter näher ans Treppengeländer heran.

»Alles Weitere sollten wir besser in Ihrem Büro oder in einem anderen abhörgeschützten Raum besprechen«, sagte der Mann gerade, den Trudy und Marlene nun endlich auch sehen konnten. Er trug einen schwarzen Anzug, schwarze glänzende Schuhe, und das Einzige, was an ihm noch tiefer schwarz glänzte, war sein Haar.

»Wie Sie wünschen, Herr M…«, begann Frau Korn, als der fremde Herr erschrocken den Zeigefinger auf den Mund legte.

»Keine Namen, Frau Korn. Keine echten Namen jedenfalls. So, darf ich Ihnen nun meine Tochter vorstellen? Jasmin wird für die Dauer ihres Aufenthalts ihr Name sein. Jasmin Violet.«

Das Mädchen namens Jasmin trat hinter ihrem Vater hervor ins Dämmerlicht der zu so später Stunde nur schwach erleuchteten Academy-Halle. Ihr Anblick verschlug Trudy und Marlene erst einmal den Atem. Verblüfft sahen sie sich an, dann starrten sie wieder hinab zu dem Mädchen, das in ihrem bodenlangen Wickelkleid wie eine indische Prinzessin aussah. Sie verbeugte sich gerade mit aneinandergelegten Händen vor Frau Korn und flüsterte dabei eine leise Begrüßung, die Trudy aber zu ihrem Ärger nicht verstehen konnte. Auch Jasmins Haar schimmerte tiefschwarz und reichte ihr beinahe bis zum Po.

»Ich begrüße dich aufs Herzlichste, liebe, äh … liebe Jasmin, und ich hoffe, dass du dich bei uns schnell wohlfühlen wirst«, sagte Frau Korn und ging mit ausgestreckter Hand auf Jasmin zu.

»Oh, da bin ich mir sicher, liebe Frau Korn.« Das indische Mädchen lächelte die Schulleiterin bei diesen Worten strahlend an. »Mein ganzes Leben lang wünsche ich mir schon, auf ein richtiges Internat gehen zu dürfen.«

Dann drehte sie sich schnell zu ihrem Vater herum. »Verzeih, Papa, bei dir ist es natürlich am schönsten. Aber du bist so oft unterwegs …«

»Mach dir keine Sorgen, mein Kind.« Der Vater beugte sich hinab und küsste Jasmin zum Abschied auf die Stirn. »Hier bist du sicher.« Dann nickte er

Victor zu, der sich daraufhin tief verbeugte. Zuerst vor Jasmins Vater und dann vor Jasmin.

Das schlug dem Fass den Boden aus. Trudy und Marlene hätten sich beinahe in ihrem Versteck verraten, so laut schnappten sie nach Luft.

Es war eine Sensation, dass Victor sich vor einem Schüler verbeugte. Aber noch unerhörter war, dass Victor ein Körbchen hochhob und damit ehrfürchtig vor Jasmin die Treppe hinaufschritt. Es war nicht irgendein Körbchen. Ein leises Maunzen war daraus zu vernehmen, und Trudy und Marlene erblickten für einen Moment ein beigefarbenes Kätzchen mit einem schwarzen Gesichtchen. Und das, obwohl Haustiere in der Academy streng verboten waren. Spürhunde mussten sogar in der dafür eigens eingerichteten Hundeschule untergebracht werden. Und nun das! Ausgerechnet Victor, die wandelnde Schulregel in Person, trug eigenhändig ein Kätzchen in das Zimmer eines Schülers.

Beinahe zu spät fiel Trudy und Marlene auf, dass sie sich schleunigst auf den Rückweg machen mussten, wenn sie nicht in wenigen Augenblicken von Victor erwischt werden wollten. Es war längst zu spät dafür, den Ohrensessel zurückzuschieben. Auf Zehenspitzen schlichen sie von Versteck zu Versteck zurück. Als

Trudy sich noch einmal umdrehte, dämmerte ihr jedoch schnell, dass Victor viel zu sehr mit der indischen Prinzessin beschäftigt war, als dass er Zeit gehabt hätte, sie und Marlene beim Spionieren zu ertappen. Doch das beruhigte sie kein bisschen. Es machte ihr beinahe Angst.

»Pöh«, begann Marlene mit ihrer Schimpfoper, als Trudy gerade ihre Zimmertür hinter ihnen zuzog. »Es ist hier also nicht egal, wer man ist, wie? Ooooh, ich bin eine indische Prinzessin, ich darf das.«

Trudy hielt sich den Bauch vor Lachen. Es sah aber auch zu komisch aus, wie Marlene einen Bauchtanz andeutete. Das lag schon allein daran, dass Marlene mit ihrer käseweißen Haut und den struppigen braunen Locken genauso wenig wie eine indische Prinzessin aussah, wie ein Eisbär einem Tiger glich.

Höchste Geheimhaltungsstufe

Wie lange Trudy und Marlene auch durch die im Tiefschlaf liegende Academy wandelten, sie konnten einfach nichts in Erfahrung bringen. Weder fanden sie heraus, in welches Zimmer diese indische Prinzessin eingezogen war, noch konnten sie auch nur ein Sterbenswörtchen aus dem Büro der Schulleiterin abhören. Und sie gaben sich alle Mühe. Trudy schlich sogar zurück in ihr Zimmer und holte das Stethoskop aus ihrem Detektivkoffer. Aber die Wände, die Isolde Korns Büro umgaben, mussten meterdick sein. Und die doppelte Eingangstür ließ ebenfalls keinen einzigen Laut zu ihnen herausdringen. Irgendwann gaben sie es auf. Für diese Nacht. Es war lange nachdem Jasmins Vater von seinem Fahrer zurück zum Wagen gebracht worden war und die Rücklichter der Limousine von der tiefen Dunkelheit des Wollmoors verschluckt worden waren. Noch immer trommelte der Regen gegen die Fensterscheiben und Trudy konnte vor lauter Nasenkribbeln nicht einschlafen. Und das war ein eindeutiges Zeichen: Da braute sich ein neuer Fall zusammen.

Das Erste, was Trudy beim Aufwachen am nächsten Morgen spürte, war wieder dieses Nasenkribbeln. Aber dieses Mal war es Marlenes Schuld, denn sie saß grinsend auf Trudys Bettkante und kitzelte ihr mit einer Feder aus dem dicken Federbett die Nasenspitze.

»Aufwachen, Trudy Taff!«, rief sie fröhlich und klang so ausgeschlafen, als hätte sie einen Zwölf-Stunden-Schönheitsschlaf hinter sich und nicht die halbe Nacht herumspioniert. »Oder willst du die indische Prinzessin etwa Violetta und Evie überlassen?«

»Natürlich nicht!« Trudy warf mit einem Schwung ihre Decke zurück und sprang aus dem Bett. Wie ein Eichhörnchen, das sich nicht für einen Baum entscheiden kann, flitzte sie in ihrem Zimmer hin und her. Sie warf einen Blick aus dem Fenster, dann riss sie die Zimmertür auf. Anscheinend war noch niemand auf den Beinen.

Gut so, dachte Trudy und öffnete zufrieden den Kleiderschrank. Das Lächeln verging ihr schlagartig, als sie die vielen Schuluniformen sah. Der Anblick dieser karierten Faltenröcke brachte sie jedes Mal fast zum Heulen.

Doch es half nichts, und so stand sie wenige Augenblicke später in Kniestrümpfen, Karorock und Pullover mit einem riesigen Sherlock-Holmes-Academy-Wappen darauf vor Marlene. Sie hätten nun wie Schwestern ausgesehen, wenn Trudy nicht im Gegensatz zu Marlene schwarzes langes Haar gehabt hätte. Oh, nicht solch glänzendes Haar, wie sie es gestern Abend bei dem indischen Mädchen bewundert hatten. Trudys Haar war eher struppig-wild.

»Und deshalb gebe ich mir auch keine Mühe damit. Wenn sie einem Kamm nicht gehorchen wollen, dann eben nicht!«, rief Trudy und warf die Bürste genervt zurück auf den alten Frisiertisch.

Sie huschten leise über den Flur und waren erst wenige Meter weit gekommen, als sie Frau Korn geradewegs in die Arme liefen.

»Nanu?«, sagte diese verblüfft, nachdem sie einen Blick auf ihre Armbanduhr geworfen hatte. »Wo wollt ihr denn schon hin? Frühstück gibt es doch erst in dreizehn Minuten.«

»Wir wollten uns schon mal anstellen«, antwortete Marlene wie aus der Pistole geschossen, und Trudy fand, dass sie schon bessere Ausreden erfunden hatte.

»Anstellen?« Auch Frau Korn zog ungläubig ihre Augenbrauen in die Höhe.

»Ja, Sie wissen schon. Montag ist doch Omelette-Tag.« Marlene zwinkerte verschwörerisch und plötzlich erhellte sich Isolde Korns Gesicht.

»Natürlich, Marlene, Omelette-Tag. Ich muss mich beeilen. Nein, so was …« Sie schüttelte beim Weitergehen den Kopf. »Da lebe ich nun schon so viele Jahre hier und habe mir den Speiseplan immer noch nicht gemerkt.«

Vor der Tür gegenüber von Trudys Zimmer blieb die Schulleiterin stehen. Sie sah sich vorsichtig um.

»Ist noch was?«, rief sie in Trudys und Marlenes Richtung und wartete, bis sie weitergegangen waren.

Selbstverständlich waren sie weitergegangen. Aber Isolde Korn musste sie wirklich unterschätzen, wenn sie glaubte, damit nicht erst recht ihre Neugierde geweckt zu haben. Wie konnte eine angehende Detektivin jetzt einfach das Feld räumen? Hinter der nächsten Ecke zum Treppenhaus warteten die beiden Freundinnen gespannt, was nun geschehen würde. Trudy linste vorsichtig in den Flur.

Isolde Korn klopfte zweimal lang und dreimal kurz an die Zimmertür und schob dann etwas unter dem Türschlitz hindurch.

Nur Sekunden später konnte man hören, wie ein Schlüssel im Schloss herumgedreht wurde, und das Rasseln von Metallketten und ein leises Piepen ließen Trudy ahnen, dass diese Tür so etwas wie eine Hochsicherheitstür sein musste.

»Guten Morgen, Jasmin«, flüsterte Frau Korn kaum vernehmbar, dann wurde die Zimmertür hinter ihr wieder verriegelt.

»Interessant«, murmelte Trudy etwa zum zehnten Mal auf dem Weg zum Speisesaal. »Die Prinzessin ist also meine Nachbarin.« Mit jeder Wiederholung schien ihr der Gedanke mehr zu gefallen. »Das birgt ungeahnte Spionagemöglichkeiten, Marlene.«

»Nur leider hatten wir zwei nicht als Einzige diese grandiose Idee der Spionage.« Marlene deutete auf die beiden Mädchen, die schon vor der Tür zum Speisesaal warteten.

»Ach, sieh an, Evie«, flötete das blond gelockte, elfengleiche Mädchen namens Violetta ihrer Freundin zu, ohne diese jedoch anzusehen. Warum auch? Was sie sagte, war ja in erster Linie an Trudy und Marlene gerichtet. »Die beiden Obernervensägen sind leider nicht in den Winterferien eingeschneit worden.«

»Ja, zu schade«, seufzte Evie mit bedauernder Miene und ließ dabei Marlene und Trudy nicht aus den Augen. »Wer hätte sie vermisst?«

»Niemand, wenn du mich so direkt fragst.« Violetta schüttelte ihr langes Haar und sah Trudy herausfordernd an.

Doch Trudy war nicht so dumm, darauf zu reagieren. Sie hakte sich bei Marlene ein und schob sie hocherhobenen Hauptes wortlos an den beiden Zicken vorbei.

»Typisch die Elfe …«, regte Marlene sich ganz leise ein bisschen auf.

»Und ihr Schneewittchen«, ergänzte Trudy mit einem kurzen Blick zurück auf Evie.

Diese sah nämlich tatsächlich wie Schneewittchen aus. Kinnlanges schwarzes Haar, blasse Haut und blutrote Lippen. Trudy und Marlene waren sich sicher, dass sie sich schminkte.

»Die Elfe und ihr Schneewittchen. Das ist gut!« Marlene musste lachen. Immer lauter. »Schnee… Schnee…witt…chen!«, prustete sie plötzlich laut los.

Das Lachen verging ihr schlagartig, als Frau Korn mit dem indischen Mädchen am Arm in den Flur einbog.

Trudy und Marlene kamen neugierig näher. Jasmin trug, wie auch in der vergangenen Nacht, ein Wickelkleid. Heute Morgen eines in Hellblau.

Sie musste ihr Haar mindestens eine Viertelstunde lang gebürstet haben, dachte Trudy mit interessiertem Blick auf diese glänzende Haarpracht.

Isolde Korn klopfte an die Tür zum Speisesaal.

Jasmin sah die wartenden Mädchen aufmerksam an. Als ihr Blick an Trudy hängen blieb, lächelte sie schüchtern. Trudy überlegte gerade, ob sie sich wohl in Gedanken über ihre struppigen Haare lustig machte, als die Tür geöffnet wurde. Victor erschien im Türrahmen und beim Anblick von Isolde Korn und der hübschen Inderin verbeugte er sich wieder.

Gerade als Trudy und Marlene hinter der Schulleiterin und Jasmin herstapfen wollten, schob Victor sie unsanft zurück. »Frühstück gibt es erst in sieben Minuten.« Dann schloss sich die Tür.

Trudy und Marlene sahen sich wissend an. Die Extrawurst für die Prinzessin ging also in die nächste Runde.

Violetta und Evie standen noch immer vollkommen verblüfft neben der Tür zum Speisesaal. Damit war Trudy sofort klar, dass die beiden die Ankunft der neuen Schülerin in der Nacht nicht mitbekommen hatten. Jedenfalls nicht so ausführlich wie Marlene und sie.

»Mädchen, die mit offenem Mund in die Gegend starren, sehen nicht besonders schlau aus. Findest du nicht auch, Marlene?«, fragte Trudy, bevor sie mit ihrer besten Freundin zurück in den Westturm stürmte.

Sie hatten auf einmal das Interesse an frischen Omelettes verloren. Eine dringende Spionageangelegenheit trieb sie in Trudys Zimmer.

Sie mussten nur wenige Minuten warten. Abwechselnd spähten sie durchs Schlüsselloch. Plötzlich raunte Marlene: »Achtung, sie kommen!«

Trudy schob Marlene ein wenig zur Seite, um sich selbst davon überzeugen zu können, dass Isolde Korn diese geheimnisvolle Jasmin tatsächlich auch dieses Mal wieder wie ein Schatten begleitete.

»Aha«, machte Trudy und nickte lange und wissend mit dem Kopf. Frau Korn hatte vor Jasmins Zimmertür wie ein Wachposten gewartet, bis das Klicken, Rasseln und Piepen sämtlicher Schlösser verklungen und die Prinzessin in Sicherheit war.

»Was heißt hier aha?« Marlene trat ungeduldig von einem Bein aufs andere, aber sosehr sie sich auch bemühte, Trudy beiseitezuschieben, um selbst sehen zu können, was im Flur vor sich ging, Trudy ließ sich keinen Millimeter vom Fleck bewegen.

Als Frau Korn verschwunden war, richtete Trudy sich auf, klemmte das lange Haar stramm hinter die Ohren und raunte: »Höchste Geheimhaltungsstufe, Marlene.«

»Was soll das nun wieder heißen? Trudy, du sprichst

in Rätseln«, jammerte Marlene und hockte sich auf Trudys Bett.

»Ganz einfach kombiniert, Marlene«, erklärte Trudy und wanderte dabei in ihrem Zimmer auf und ab. »Das fremde Mädchen wird bei Nacht und Nebel unter falschem Namen hier aufgenommen. Warum? Weil sie undercover hier ist. Sie hat noch keine Schuluniform. Weshalb? Na? Weil eine Hoheit nicht selbst einkaufen geht. Sie wird behandelt wie ein rohes Ei. Wieso wohl? Weil sie tatsächlich eine Prinzessin ist. Darum, Marlene.«

Bei den letzten Worten blieb Trudy heftig nickend vor Marlene stehen. Das musste Marlene doch verstehen. Es gab keine andere Erklärung für all diese Sonderbarkeiten.

»Eine echte Prinzessin?« Marlene sah Trudy erschrocken an. Doch kurz darauf huschte schon ein entzücktes Lächeln über ihr Gesicht. »Eine richtig echte Prinzessin.«

Eine Stunde später wünschte Trudy sich nichts mehr, als dass sie diese Entdeckung für sich behalten hätte. Marlene flüsterte den ganzen Morgen etwas von Prinzessinnen und Hoheiten vor sich hin. Es war kaum auszuhalten. Sie vergaß sogar zu frühstücken, nur weil sie Ausschau nach der blaublütigen Inderin hielt.

Vor dem Schulgebäude kramte Marlene geschlagene sechs Minuten nach ihrer Chipkarte. Trudy ahnte nicht nur, sie wusste, dass ihre Freundin die Karte nicht verloren hatte. Sie wollte einfach Zeit schinden, um die Prinzessin zu treffen und um zu erfahren, in welche Klasse sie gehen würde. Der Größe nach zu urteilen, gehörte sie in den ersten Jahrgang, also zu Trudy und Marlene, aber das musste nichts heißen. Vielleicht war sie nur ein bisschen zu klein geraten?

Das macht die locker mit ihrer Krone wieder wett, dachte Trudy grimmig und stapfte ohne Marlene in den Klassenraum.

Die erste Schulstunde hatten sie bei Herrn Lambus. Trudy mochte ihren Lehrer in Geheimsprachen sehr, nicht nur, weil er schon der Lehrer ihres Vaters auf der Sherlock-Holmes-Academy gewesen war. Herr Lambus' Unterricht war wie Rätselraten. Es wurde nie langweilig. Gerade hatte er ihnen verkündet, dass sie sich in den nächsten Wochen mit den verschlüsselten Sprachen der Indianer beschäftigen würden, als es laut an die Tür zum Klassenraum klopfte.

Sofort schnellte Marlenes Kopf in die Höhe und sie horchte sichtbar auf.

Ich muss heute Nachmittag ein ernstes Wörtchen mit ihr reden, nahm Trudy sich vor.

Und wirklich kam Frau Korn hereingeschneit, doch dieses Mal ohne ihren indischen Schatten. Sie flüsterte Herrn Lambus etwas zu und klatschte danach laut in die Hände, um sich Gehör zu verschaffen.

»Wie ich Herrn Lambus soeben informierte, wird der Unterricht für die erste Klasse, also für euch, von nun an im Kellerverlies ›Dachsbau‹ stattfinden …«

Ein unglaubliches Geschrei brach los. Die einen jubelten laut und beeilten sich, ihre Taschen zu packen. Andere riefen: »Was?«, »Im Kellerverlies?«, »Wozu denn das?«

»Pssst.« Frau Korn hob abwehrend die Hände und wartete, bis sich das Gebrüll ein wenig beruhigt hatte. »Ich wäre euch dankbar, wenn ihr keine unnötigen Fragen stellt und das Ganze einfach als eine Art Abenteuer betrachten könntet.«

Sie hatte schon den Klassenraum verlassen, als sie noch einmal zurückkam und rief: »Trudy Taff, du kommst bitte schon mal mit mir! Ich hätte da noch eine besondere Bitte an dich.«

Nach dem tosenden Lärm war es nun schlagartig so still in der Klasse, dass man auch die Holzwürmer hätte futtern hören können.

»Ach, und Herr Lambus – wenn Sie bitte den Umzug beaufsichtigen würden? Ich habe den Stundenplan für heute dementsprechend abgeändert. Und was wollte ich noch sagen …? Ja, richtig. Victor wird Ihnen ebenfalls den ganzen Tag hilfreich zur Seite stehen …« Isolde Korn redete und redete, während in der Klasse alle durcheinanderquatschten.

»Das ist ein Schultag nach meinem Geschmack«, seufzte Evie, ließ sich zurück auf ihren Stuhl fallen und kontrollierte in einem kleinen Taschenspiegel ihre schnurgerade geschnittenen Haare.

»Du solltest dich lieber wundern und dich fragen …«, Violetta beugte sich genervt über den Tisch und schnappte Evie den Spiegel aus der Hand, »… welchen Umständen wir das alles hier wohl zu verdanken haben.«

»Bestimmt der indischen Prinzessin«, flüsterte Marlene leise und sah Trudy sehnsüchtig hinterher, als sie sich durch die Klasse quetschte und hinter Frau Korn hereilte.

Trudy war nicht ganz wohl bei der Angelegenheit. Was für eine besondere Bitte konnte die Schulleiterin der Sherlock-Holmes-Academy ausgerechnet an sie, Trudy Taff, eine Schülerin der ersten Klasse, haben?

Es wurde eine Geduldsprobe, denn Isolde Korn ging nicht zurück ins Haupthaus der Academy. Sie lief auch nicht. Nein. Sie rannte quer über den wohlgehüteten Rasen. Und das war eigentlich streng verboten und kostete auch einige Sherlock-Holmes-Münzen zur Strafe – wie immer, wenn man etwas Verbotenes tat. Doch zum Glück hatte Trudy noch einige Münzen auf ihrer Karte. Das lag aber nicht daran, dass sie eine solch musterhafte Schülerin war. Leider nicht. Die vielen Holmes-Münzen verdankte sie der Tatsache, dass sie kürzlich Tante Rita aus einer gefährlichen Situation gerettet hatte.

Trudy stürmte hinter der Schulleiterin her und brüllte japsend: »Frau Korn, nun sagen Sie mir doch bitte …«, aber es half alles nichts. Isolde Korn jagte Richtung Herrenhaus, als würde sie im morastigen Boden einzusinken drohen, wenn ihre Füße ihn länger als unbedingt nötig berührten.

»Geh … in … dein … Zimmer … Wir … kommen … gleich.« Isolde Korns Arm deutete die Treppe hinauf und sie schnappte nach jedem Wort erst einmal nach Luft.

So wartete Trudy also in ihrem Zimmer und lief nervös hin und her. Sie hatte keine Ahnung, wie viel Zeit verstrichen sein mochte, als sie jemanden zweimal lang und dreimal kurz an die Zimmertür gegenüber klopfen hörte. Ein Blick durchs Schlüsselloch verriet ihr, dass es diesmal Frau Korn und Victor waren, die Jasmin besuchten.

Doch was war das? Sie gingen überhaupt nicht in Jasmins Zimmer hinein, sondern überquerten den Flur und …

Im letzten Augenblick konnte Trudy ihren Kopf wegziehen, sonst hätte sie die Türklinke ins Gesicht bekommen.

»So, da wären wir«, flötete Isolde Korn, die wieder zu Atem gekommen war. Nur ihr Gesicht war noch immer puterrot vom Rennen. Die wirren rötlichen Locken der Schulleiterin, die Trudy immer an ein explodiertes Vogelnest erinnerten, hingen ihr wie zu lange gekochte Spaghetti all'Arrabbiata ins Gesicht.

Ja, da waren sie. Isolde Korn, die ohne anzuklopfen in Trudys Zimmer einfiel und nun sogar vor der Kleiderschranktür keinen Halt machte. Mit einem Schwung riss sie beide Flügel des alten Schranks auf und winkte Jasmin zu sich heran. Nur Victor blieb wie ein Wachposten mit dem Rücken zum Zimmer vor der Tür stehen.

Trudy klappte schnell ihren Mund wieder zu, als

ihr auffiel, dass sie nun genauso dämlich ausgesehen haben musste wie Violetta und Evie am Morgen. »Äh, Frau Korn?«, fragte sie zaghaft, und auch Jasmin kam nicht einen Schritt näher. Sie sah ebenso erschrocken über Isolde Korns Verhalten aus.

»Ja, Kind, was ist?« Die Schulleiterin drehte sich auf dem Absatz zu Trudy herum und sah sie ungeduldig an.

»Was genau suchen Sie denn in meinem Kleiderschrank?« Trudy gab sich alle Mühe, vorsichtig mit Frau Korn zu sprechen. Die Gute schien mächtig unter Dampf zu stehen.

»Na, die alten Schuluniformen … Hach!«, rief sie und klatschte sich mit der Hand an die Stirn. »Das hab ich dir ja noch gar nicht gesagt, stimmt's?«

»Was denn?«, fragte Trudy neugierig.

»Ich erinnerte mich an die Worte deiner Mutter vor den Winterferien. Dass du so groß geworden bist, Trudy«, erklärte Frau Korn und Jasmin kicherte plötzlich leise.

Wag es, über mich zu lachen, sagte der Blick, den Trudy daraufhin in Richtung der indischen Prinzessin warf.

Es wirkte. Das fremde Mädchen sah schnell beschämt zu Boden.

»Ja, und?« Trudy verstand nur Bahnhof. Was sollte an diesen Worten bitte weltbewegend gewesen sein?

»Da fragst du noch? Das ist unser Glück!«, blaffte Frau Korn regelrecht zurück, als müsse Trudy die Sachlage doch nun endlich kapiert haben.

»Wieso ist mein Wachstum Ihr Glück?«, fragte Trudy und merkte selbst, dass die Frage sich ziemlich lustig anhörte. Deshalb war sie auch nicht ganz so zornig, als Jasmin und Victor darüber lachten.

»Weil du sonst nicht drei komplette Garnituren unserer Schuluniform übrig hättest.« Isolde Korn nahm kurzerhand zwei karierte Röcke aus dem Schrank, hielt sie aufeinander und warf den kleineren in hohem Bogen zu Jasmin hinüber, die diesen verdutzt auffing. So ging es Kleidungsstück um Kleidungsstück und der Stapel auf Jasmins Arm wuchs beachtlich in die Höhe.

Trudy war sprachlos, was nicht oft vorkam.

»Hm, ein Paar Kniestrümpfe fehlt noch«, murmelte Isolde und streckte ihre Hand schon nach Trudys Schreibtischschublade aus, als Trudy sich wie eine Schranke davorstellte.

»In diesen Schubladen ist keine Kleidung.« Trudy hatte genau rechtzeitig ihre Sprache wiedergefunden. Eine Sekunde später und die Schulleiterin hätte all ihre Errungenschaften aus dem Einkaufscenter für Spionagezubehör entdeckt. Und dabei hatte Trudy diese für die Gepäckkontrolle nach den Winterferien so gut in den Geheimfächern ihres alten Koffers versteckt gehabt. Welch ein Verlust das wäre! Einfach unvorstellbar.

»Nicht?«, fragte Isolde Korn nur und drehte sich dann zu Jasmin herum. »Gut, das wäre dann alles. Um Strümpfe kann ich mich später noch kümmern.« Es war unglaublich, aber Frau Korn wollte ohne jede weitere Erklärung Trudys Zimmer verlassen.

»Danke«, flüsterte Jasmin ihr noch leise zu und verbeugte sich dabei leicht.

Ach du Schreck!, dachte Trudy. Musste sie das jetzt etwa auch machen? Machte man das unter Hoheiten so?

»Gern«, sagte sie und deutete, nur zur Vorsicht natürlich, eine Verbeugung an. »Wirklich gerne. Ich häng nicht besonders an diesen Uniformen, musst du wissen.«

Jasmin stutzte, sah auf die karierten Röcke und Lammwollpullover auf ihrem Arm und lachte dann leise. »Ja, das kann ich verstehen. Ich würde auch lieber meinen Sari tragen«, flüsterte sie Trudy zu, sodass Frau Korn es nicht hören konnte.

»Jasmin!«, brüllte diese dennoch erschrocken ins Zimmer zurück. »Du kennst doch die Regel. Keine privaten Gespräche außerhalb der abhörsicheren Räume!«

Arme Prinzessin

»Wenn ich es doch sage, Marlene!«, bestätigte Trudy zum geschätzten hundertsten Mal. »Die haben mein Zimmer gestürmt und meinen Kleiderschrank geplündert.«

»Das war also die besondere Bitte, von der Frau Korn heute Morgen gesprochen hat?«, fragte Marlene.

Trudy lachte kurz auf, während sie umständlich eine Tüte Bücherwürmer öffnete. »Dabei von einer Bitte zu sprechen, wäre wohl eine dicke Lüge.«

Marlene nahm sich neugierig einen kleinen Bücherwurm aus der Tüte.

»Wag es ja nicht, den in den Mund zu stecken«, warnte Trudy schnell und mit erhobenem Finger. »Die waren superteuer.«

»Ich frage mich eins …« Marlene drehte den winzigen Plastikwurm in ihren Fingern hin und her.

»Das errätst du nie!« Trudy schnappte sich das Buch für Geheimschriften und öffnete die Seite mit den Vokabeln, die sie für morgen zu lernen hatten.

»Nein, warte, Trudy.« Schnell klappte Marlene das Buch wieder zu. »Ich frage mich, warum eine Prinzessin sich keine eigene Schulkleidung kaufen kann.«

»Hm, da ist was dran«, gab Trudy zu und kratzte sich an der plötzlich kribbelnden Nasenspitze. Darüber hatte sie noch gar nicht nachgedacht. Selbstverständlich hatte sie umgehend nach dem überfallartigen Besuch ihre Mutter angerufen. Frau Taff hatte sie allerdings beruhigt und ihr erzählt, dass Frau Korn die Kleiderspende ausführlich mit ihr besprochen hatte. »Das muss ein sehr armes Mädchen sein, Trudy«, hatte Frau Taff zum Schluss gesagt und Trudy hatte herzlich darüber gelacht. Was, wenn ihre Mutter Recht hatte? Wenn Jasmins Familie tatsächlich eine verarmte Adelsfamilie war? Doch dann schüttelte sie schnell den Kopf.

»Aber denk nur an den Wagen, den Chauffeur, all das Gepäck und, und, und. Da steckt noch etwas anderes dahinter, dass die keine Schulkleidung kaufen wollen«, erklärte Trudy vehement.

»Aha!«, rief Marlene. »Und was?«

»Wie ich schon sagte: Soll eine Prinzessin etwa in einem Einkaufscenter shoppen gehen?« Trudy wusste genau, was Marlene darauf antworten würde, schließlich war sie selbst ja auch noch niemals dort gewesen. Deshalb redete sie gleich weiter. »Nein, sie können sich nicht ihre Sachen per Post schicken lassen. Wohin denn? Überleg doch mal. In den Palast etwa? Damit alle Welt weiß, dass die Prinzessin auf die Sherlock-Holmes-Academy geht? Dann wäre die Tarnung ja schon vor der Einschulung hinfällig.«

»Tja, du könntest Recht haben«, gab Marlene zu.

»Ich habe Recht. Jede Wette!« Trudy schlug das Buch mit den Geheimschriften wieder auf. »Nun lass uns aber endlich die Bücherwürmer ausprobieren, ja?«

Und ob Marlene neugierig war! Sie hing halb über Trudys Schulter, als diese einen der kleinen Bücherwürmer etwa dreißig Zentimeter hoch über die Buchseite hielt und auf einen winzigen Knopf an einem Ende des Wurms drückte.

Dann sah Trudy Marlene herausfordernd an. »Und? Hast du schon Vokabeln gelernt?«, fragte sie und ließ den Wurm wie ein Pendel vor Marlene hin- und herschwingen.

»Wann denn? Wir haben sie doch erst vor einer halben Stunde aufbekommen!«, entrüstete Marlene sich.

»Hiermit«, sagte Trudy und überreichte ihr feierlich den kleinen Wurm, »hiermit könntest du es dir auch schenken, wenn du schummeln wolltest.«

»Mit diesem Würmchen?« Marlene rollte den kleinen Bücherwurm zwischen ihren Fingerspitzen und sah Trudy skeptisch an.

»Nur zu«, bestätigte diese und reichte ihr ein leeres Blatt. Dann klappte sie das Buch mit den Vokabeln zu und kommandierte: »Halte dir nun den Wurm vors Auge. Genau dort, wo du dieses winzige Fensterchen siehst, und drücke dabei den kleinen Knopf in der Mitte des Wurms. Du wirst schon sehen.«

Und wie Marlene sah. »Trudy!«, rief sie erstaunt. »Trudy, da ist die ganze Buchseite zu sehen. Wort für Wort, Zeichen für Zeichen.«

»Logo. Ist ja auch ein Bücherwurm. Er frisst Buchseiten«, bestätigte Trudy und freute sich diebisch über Marlenes Verblüffung. »Eigentlich ist es ganz einfach. In diesen Würmern ist eine Minikamera versteckt. Das macht sie auch ein bisschen teuer. Und wenn du das Bild in der Kamera, sprich im Wurm, ansiehst, dann kannst du die ganze Seite abschreiben. In Ruhe. Diese Bücherwürmer sind normalerweise dafür gedacht, Kopien von Dokumenten anzufertigen, ohne zu offensichtlich eine Kamera dabeizuhaben. Man ist wohl noch nicht auf den Trichter gekommen, dass wir Schüler damit auch wunderbar schummeln können. Jedenfalls habe ich die Bücherwürmer zur Vorsicht nicht im Koffer, sondern mit Klebeband auf meinem Bauch ins Internat geschmuggelt. Und heute, heute hätte Frau Korn sie beinahe entdeckt.«

Marlene saß da wie vom Donner gerührt und knipste immerzu den Schalter am kleinen Bücherwurm an und aus. »Trudy?«, flüsterte sie leise. »Lass uns schwören, dass wir sie nie in der Schule einsetzen werden, ja?«

»Oh, ein Schwur hat so was Endgültiges, Marlene. Wir werden uns redlich bemühen, reicht das nicht auch?«

»Gut, aber wirklich, Trudy!«

Den ganzen Nachmittag sahen und hörten sie nichts von Jasmin. Niemand besuchte sie und sie verließ auch nicht ihr Zimmer. Aber pünktlich, eine Viertelstunde vor dem Abendessen, klopfte Isolde Korn wie gehabt an Jasmins Tür. Dieses Mal waren Trudy und Marlene selbstverständlich besser vorbereitet. Sie hatten den ganzen Nachmittag einen Plan geschmiedet. Genau in dem Moment, als Jasmin die Türklinke hinunterdrückte, tat Trudy genau das Gleiche auf der gegenüberliegenden Flurseite. Sie und Marlene verließen das Zimmer und begrüßten mit einem fröhlichen »Hallo, Frau Korn!« ihre Schulleiterin. Während Marlene dann die Aufgabe hatte, sich neben Frau Korn zu stellen und Jasmin ebenso zu begrüßen, tat Trudy so, als hätte sie bei Jasmins Anblick noch schnell etwas aus ihrem Zimmer geholt. Tatsächlich hatte sie die Kniestrümpfe natürlich schon seit einer gefühlten Ewigkeit in der Hand.

»Gut, dass ich dich sehe, Jasmin …«, begann sie loszuplaudern und stürmte an allen vorbei in Jasmins Zimmer. Überraschungstaktik. Klappte immer.

Doch schon nach wenigen Schritten blieb Trudy wie angewurzelt stehen. Am meisten überrascht war sie nämlich selbst. Sie hatte mit vielem gerechnet, aber nicht damit. Dieses Zimmer sah aus wie aus Tausendundeiner Nacht. An der hinteren Wand stand ein riesengroßes Himmelbett. Die schweren und dunklen Internatsmöbel waren durch weiße zarte Kommoden ersetzt worden, die über und über mit Blattgold verziert waren. Dort, wo in Trudys und Marlenes Zimmer ein riesiger praktischer Schreibtisch die gesamte Fensterbreite einnahm, stand in diesem Märchenschlosszimmer ein filigranes Schreibpult und am anderen Ende hing ein mit Samt bezogener Hängestuhl. Das, was Trudy aber endgültig umhaute, war das Katzenhaus, das wie ein kleiner Palast aussah. Ein Königspalast mit lauter winzig kleinen Türmchen zum Klettern. Und genau das tat sie gerade, die Katze. Es war eine echte Siamkatze, wenn Trudy sich nicht täuschte, und sie war ein prächtiges Tier. Ihr Fell war beige, fast weiß, nur die Pfoten und das Gesichtchen waren dunkel, als wären sie in schwarze Tinte getaucht worden. Es hatte sich sogar jemand die Mühe gemacht, ein Halsband auszusuchen, dessen dicke Edelsteine wundervoll zu den Augen der Katze passten.

»Truuuuuuuuuuudyyyy Tafffff!«, kreischte Frau Korn auch schon los, und bevor sie das ganze Internat zusammenbrüllte, ging Trudy lieber schnell rückwärts, sagte: »Oh, Verzeihung, ich sollte wohl nicht in dein Zimmer kommen …«, entschuldigend zu Jasmin, reichte ihr die Kniestrümpfe und wollte schon mit Marlene davonstürmen, als Isolde Korn sie am Arm packte. Doch bevor die Gute auch nur einen einzigen weiteren Piep von sich geben konnte, sagte Trudy wie hundertmal vorher geprobt: »Nein, Sie müssen sich nicht entschuldigen, Frau Korn. Sie haben einfach vergessen, uns zu sagen, dass wir Jasmins Zimmer nicht betreten sollen. Auch Lehrer machen Fehler, sagt Papa immer.«

Es klappte wie bestellt. Frau Korn schnappte noch verdutzt nach Luft, als Marlene und Trudy schon längst in Richtung Speisesaal davoneilten.

»Das hättest du sehen müssen, Marlene«, schwärmte Trudy den ganzen Abend über in immer schillernderen Farben von Jasmins Zimmer.

»Das hätte ich ja nur zu gern«, seufzte Marlene.

»Wirst du, wirst du«, beruhigte Trudy sie. »Aber ich sage dir, wenn die arm ist, was sind wir dann?«

»Kirchenmäuse?«, schlug Marlene grinsend vor.

»Trotzdem tut sie mir leid«, fügte Trudy irgendwann hinzu und spähte mal wieder durchs Schlüsselloch. »Was nützt dir ein goldener Käfig, wenn du nie hinausfliegen darfst? Ich meine, der Vogel, der immer nur in einem goldenen Käfig eingesperrt ist, der weiß doch all sein Gold gar nicht zu schätzen, weil er den Rest der Welt nicht kennt.«

»Du meinst die Sümpfe und Moore mit ihrem morastigen Matschboden, oder?«

»Ja, genau die zum Beispiel.«

»Du glaubst, die Prinzessin ist noch nie in ihrem Leben durchs Moor gewandert und hat dabei dem Schlamm unter ihren Füßen beim Quietschen zugehört?«, flüsterte Marlene und schien jetzt ehrlich entsetzt.

»Und ich wette sogar mit dir, dass Jasmin noch nicht mal Fahrrad fahren kann. Geschweige denn klettern oder etwas in der Art.« Trudy blickte Marlene beschwörend an. »Sie mag vielleicht viele Kostbarkeiten besitzen, Marlene, aber ich möchte nicht mit ihr tauschen. Sie hat ja noch nicht mal eine Freundin.«

Es war ein bedrückendes Gefühl, das sich plötzlich im Zimmer breitmachte.

»Arme Prinzessin«, flüsterte Marlene mit traurigem Blick zu Trudys Zimmertür, hinter der, nur wenige Meter und noch eine Hochsicherheitstür weiter, die Prinzessin in ihrem prunkvollen Zimmer bestimmt schon schlief.

Unterricht im Kerker

Es war die Sensation in der Academy!

»Hast du schon gehört, die Erste hat jetzt Unterricht im Kellerverlies«, raunten sich die Schüler der anderen Jahrgänge auf den Fluren zu. Schnell breitete sich diese Kunde wie ein Lauffeuer im gesamten Internat aus.

Marlene genoss sichtlich die Aufmerksamkeit. Trudys Vermutung war, dass sich Marlene dadurch selbst ein wenig wie eine Prinzessin fühlte. Violetta und Evie trugen ihre Nasen noch höher als sonst und erzählten allen das, was sie gern wissen wollten, besonders den Jungs aus den höheren Stufen.

Nur Trudy fand die vielen neugierigen Fragen nervig, denn innerhalb weniger Stunden kamen die wildesten Gerüchte auf:

»In Wahrheit wurden die Ersten in den Kerker verbannt.«

»Ein paar Schüler sollen Victor Juckpulver in die Uniformärmel gestreut haben.«

»Nein, ich habe gehört, dass sie in Isolde Korns Büro eingestiegen sind, um sich Holmes-Münzen gutzuschreiben.«

»Also ich habe ja von jemandem aus erster Hand erfahren, dass sie Herrn Lambus Schlafpulver anstatt Zucker zum Tee serviert haben.«

»Alles Quatsch. Sie haben schlicht und einfach Schüler von der I.O.S. ins Internat eingeschleust.«

Diese letzte Behauptung setzte sich allmählich durch und es war die ungeheuerlichste aller Vermutungen. Ein schlimmeres Vergehen konnte sich kein Schüler der Sherlock-Holmes-Academy vorstellen.

Die I.O.S., die Internationale Organisation für Spione, war das modernste Ausbildungszentrum für angehende Detektive und Spione, das es zurzeit weltweit gab. Wenn es nach Trudy gegangen wäre, dann hätte sie im vergangenen Herbst ihre Ausbildung genau dort begonnen. Die I.O.S. lag nur wenige Meilen von der Sherlock-Holmes-Academy entfernt auf der anderen Seite des Wollmoors. Eigentlich war sie von der Academy nur durch die Hauptstraße und ein paar morastige Sümpfe getrennt, aber in Wirklichkeit lagen Welten zwischen diesen beiden Schulen.

Das konnte man schon allein an der Schuluniform erkennen. Trudy erinnerte sich noch lebhaft an ihren ersten Einkauf im Shoppingcenter für Spionagezubehör. Regelrecht geschockt war sie von den altmodischen Klamotten, die ihr Lady Lambswool stolz präsentiert hatte und, schlimmer noch: die ihrer Mutter schieres Entzücken bereitet hatten. Welch gruselige Vorstellung es damals war, dass sie von nun an in karierten Flanellröcken und Kniestrümpfen herumlaufen würde! Das Szenario war perfekt, als sie dann auch noch Schüler von der I.O.S. traf, die sich über sie lustig gemacht hatten. Angehende Spione in deren schicken Schuluniformen, bestehend aus Lederanzug und kniehohen Stiefeln, mit allem nur erdenklichen Agentenfilm-Schnickschnack.

Eine Freundschaft zwischen den beiden Schulen hatte es noch nie gegeben, das hatte sie wieder und wieder zu hören bekommen. Und doch …

Es gab eine heimliche Verbindung. Eine sehr, sehr geheime. Trudy und Marlene würden nicht darüber sprechen. Nie. Genauso wenig wie Oscar und Joe von der I.O.S. ein Wort darüber verlieren würden.

Das ist auch besser so, dachte Trudy, als sie ihre Chipkarte durch den Schlitz des Kartenlesers zog und damit die schwere Holztür zum Keller öffnete. Ein kühler Luftzug wehte ihr modrig riechende Luft um die Nase, als sie die steinernen Stufen hinabstieg, und sie hörte Violettas Stimme unten im Gewölbe hallen: »Hinter diesen vielen felsigen Nischen sind bestimmt Spione von der I.O.S. lebendig eingemauert worden.«

»Igitt, Violetta, hör auf, so was zu sagen«, krächzte Evie mit zittriger Stimme zurück. Sie war noch blasser geworden, wenn das überhaupt möglich war.

»Hab ich gelesen. In der aktuellen Ausgabe des Schulhandbuchs der Internationalen Organisation für Spione«, trumpfte Violetta hochnäsig auf.

»Bleibt nur die Frage, wie du solch streng verbotene Lektüre in die Academy eingeschleust hast«, zischte Trudy ihr im Vorbeigehen leise zu.

Violetta blitzte Trudy mit zusammengekniffenen Augen gefährlich an.

Am liebsten würde sie mich wohl auch in eine Nische hier unten einmauern, dachte Trudy bei diesem Anblick und kicherte.

»Wenn du es genau wissen willst: Ich habe sogar ein Abo. Im Gegensatz zu dir hab ich nämlich Grips hier oben.« Violetta tippte sich an die von blonden Locken eingerahmte Stirn. »Und gute Beziehungen noch dazu.«

»Wer hier wohl die besseren Beziehungen zur I.O.S. hat?« Marlene stemmte herausfordernd die Hände in die Hüften.

Trudy zog sie schnell weiter. »Marlene«, schimpfte sie leise, »du verrätst uns noch. Und dann? Willst du, dass Oscar und Joe hier unten enden? Ein-ge-mauert?« Ein Glück, dass der Keller nicht sonderlich gut beleuchtet war. Sonst hätte Marlene noch Trudys plötzlich zitternden Hände bemerkt. Es war aber auch wie verhext. Sobald sie nur an Oscar dachte, rutschte das typische Trudy-Taff-Nasenkribbeln wie mit einem Aufzug bis in ihre Magengrube hinab.

Der Flügel einer doppelten, schweren Holztür gegenüber der Kellertreppe öffnete sich quietschend und Herr Lambus erschien hektisch gestikulierend in der Tür. Trudy grinste. Herr Lambus war gut und gern schon sechzig Jahre alt und kein besonders groß gewachsener Mensch. Er hatte einen kugelrunden Bauch, den er auf dünnen Strickstockbeinen balancierte, und sein Kopf glich einer glänzenden Billardkugel, die man ein- oder zweimal durch ein Häufchen Haarflusen gerollt hatte.

»Es ist 8:30 Uhr, höchste Zeit für den Geheimsprachenunterricht!«, rief er mit vor Aufregung piepsender Stimme, und dann dirigierte er die Schüler wie ein Zirkusdirektor in den Klassenraum. »Hereinspaziert, hereinspaziert!«

»Pöh«, hörte Trudy Violetta rufen. »Wir gehen erst, wenn Victor geklingelt hat, stimmt's, Evie?«

Das Schneewittchen nickte brav.

Trudy und Marlene tauschten ahnungsvolle Blicke.

»Ja, aber wie stellt ihr euch das denn vor?«, fragte Herr Lambus entsetzt. »Victor kann doch nicht überall zugleich sein.« Damit hatte Herr Lambus Recht. Die Sherlock-Holmes-Academy war stolz darauf, dass sie noch von Hand zur Pause und zum Unterricht klingelte. Und Victor nahm diese Aufgabe sehr, sehr genau. Mit einem kleinen Glöckchen auf seinem Silbertablett lief er jede Stunde durchs Schulgebäude, um die Unterrichtsstunden zu beenden oder einzuläuten.

»Ach, Mädchen, macht mir doch keinen Ärger«, jammerte Herr Lambus. »Wenn ihr nicht in den Klassenraum kommt, muss ich euch am Ende noch eine Holmes-Münze abziehen.«

Es wirkte, wie immer. Wenn Holmes-Münzen ins Spiel kamen, wurde es ernst. So trotteten Violetta und Evie schließlich hinter den anderen Schülern her ins Kellerverlies.

Trudy staunte, denn während sie den gestrigen Tag auf ihrem Zimmer verbracht hatte, um die Prinzessin mit ihren alten Schuluniformen einzukleiden, hatte ihre Klasse ganze Arbeit geleistet. Der Kellerraum war nur schwach beleuchtet und Herr Lambus hatte zusätzlich die Laternen an den Pfeilern angezündet. Dennoch erkannte Trudy all die Schreibpulte aus ihrem alten Klassenraum und selbst die riesige Buchwand war eins zu eins herübergeschafft worden.

»Ich frage mich ja immer noch: Wozu das alles?«, raunte Marlene, während sie sich neben Trudy auf eine Schulbank fallen ließ.

»Ruhe!«, schrie Herr Lambus. »Beschäftigen wir uns also heute mit der Geheimsprache der Navajo-Indianer.«

Er begann zu erzählen und Trudy hing ihren Gedanken nach. Das alles hier unten machte für sie überhaupt keinen Sinn und war allein deshalb schon interessant.

»Trudy Taff.« Laurenz Lambus legte so plötzlich seine Hand auf Trudys Schulter, dass sie erschrocken zusammenzuckte. »Du kannst mir doch sicher schon jetzt das Geheimnis verraten, nicht wahr?« Er strahlte Trudy an, als hätte sie sämtliche Schulbücher eigenhändig verfasst. Herr Lambus hielt Trudy nämlich für ein Spionage-Naturtalent. Nicht, dass Trudy das abstreiten wollte, aber manchmal war es furchtbar lästig, die Lieblingsschülerin von Herrn Lambus zu sein. Immerzu musste sie auf der Hut sein und lief Gefahr, diesen Titel wieder zu verlieren. So wie jetzt. Ganz sicher wollte Herr Lambus nicht von ihr wissen, warum sie von nun an Unterricht im Keller hatten.

Hilfe suchend sah Trudy Marlene an, die aber nur mit den Schultern zucken konnte.

Ein lautes Poltern rettete Trudy. Es kam aus der Wand hinter Herrn Lambus' Schreibtisch. Auch hier in diesem Raum, an beiden Seiten neben der Tafel, gab es zugemauerte Nischen. In der linken Nische rumorte und dröhnte es plötzlich so laut, dass einige der Schüler entsetzt aufschrien.

»Hab ich's nicht gesagt?«, kreischte Violetta und klammerte sich an Evies Arm. Das Schneewittchen konnte von Glück reden, dass Lippenstift nicht seine Farbe verlieren konnte. Ansonsten wäre sie von einem weißen Blatt Papier vor lauter Blässe kaum zu unterscheiden gewesen.

Marlene zog die Augenbrauen zusammen und guckte skeptisch. Sie glaubte genauso wenig an Spuk wie Trudy.

Herr Lambus ging zur Wand und klopfte das Gemäuer ab. »Seltsam, höchst merkwürdig«, nuschelte er und klopfte kräftiger. Das Poltern verstummte. »Na also«, sagte er und drehte sich zufrieden herum. »Äh«, machte er und kratzte sich am Hinterkopf. »Wo waren wir noch mal stehen geblieben?«

Diese Frage ließ Trudy erleichtert aufatmen.

Während Laurenz Lambus noch grübelte und seinen Faden suchte, begann es laut hinter ihm zu summen. »Jetzt ist aber Schluss!«

Es kam nicht oft vor, dass Herr Lambus die Geduld verlor. Trudy konnte sich nicht daran erinnern, ihn jemals so außer sich gesehen zu haben. Er stürmte zum Mauerwerk und hämmerte mit der Faust dagegen. »Schluss, Schluss, Schluss!«, brüllte er, als die Wand sich plötzlich bewegte.

»Aaaaaaah!«, kreischte Violetta und sprang auf. Sie zog die bibbernde Evie mit sich in die hinterste Ecke des Kellerraums. Aber dieses Mal lachte keiner sie aus. Alle starrten erschrocken auf die sich bewegende Mauer, die ganz offenbar eine Tür war. Herr Lambus sah fasziniert auf seine rechte Hand und vermutete anscheinend, über enorme Kräfte zu verfügen, die ganze Mauern zum Wandeln brachten.

Doch Trudy hatte die blasse Hand längst entdeckt, die zu jemandem gehörte, der offenbar aus der Kammer heraus die steinerne Tür aufschob. Irgendwer kam tatsächlich aus dieser felsigen Gruft zu ihnen in den Keller gestiegen.

»Ich hab gleich gesagt, wir sollten nicht in diesen gruseligen Kerker gehen«, jammerte Evie, und Violetta flüsterte mit erstickter Stimme: »Jetzt haben wir ihn aufgeweckt.«

»Guten Morgen!«, tönte Augenblicke später Isolde Korns Stimme fröhlich durchs Kellergewölbe. Sie strahlte zufrieden und gut gelaunt in die Runde und zog jemanden wie einen Schatten hinter sich her aus der Mauernische.

»Jasmin?«, raunte Marlene und erkannte die Prinzessin erst auf den zweiten Blick. Kein Wunder, denn in der herkömmlichen Schuluniform sah sie beinahe so gewöhnlich aus wie alle anderen Schüler auch.

»Hach«, seufzte Frau Korn und blickte zurück in die dunkle Maueröffnung. »Wie lange hab ich darauf warten müssen, endlich diesen versteckten Paternoster benutzen zu können.«

Trudy starrte Isolde Korn aus zusammengekniffenen Augen nachdenklich an.

»Ein Paternoster ist so etwas wie ein Personenaufzug«, wisperte Marlene Trudy überflüssigerweise zu. »Du weißt schon. Die Dinger, die vorn keine Tür haben und immer im Kreis laufen.«

Trudy nickte. Logo. Das wusste sie auch. Sie guckte doch nur deshalb so fragend, weil sie Isolde Korns Auftritt noch nicht verstand.

»Äh, Herr Lambus?«, fragte die Schulleiterin irritiert und reckte ihren Hals, um Evie und Violetta hinten in der Ecke des Kellerraums erkennen zu können.

»Finden Sie, dass Sie nach …«, die Schulleiterin warf einen abschätzigen Blick auf die große Uhr über der Kellertür, »… dass Sie nach viereinhalb Minuten Unterricht schon Ihre Schüler zur Bestrafung in die Ecke stellen sollten?«

Manche kicherten leise, anderen stand noch immer das Entsetzen ins Gesicht geschrieben. Evie und Violetta schlichen mit gesenkten Köpfen schnell zurück auf ihre Plätze.

Herr Lambus war noch viel zu perplex, um darauf reagieren zu können. Er begutachtete ausführlich die geheime Tür und den dahinterliegenden Aufzug.

»Du«, sagte Frau Korn im Kommandoton zu Ben, einem Jungen mit rötlichem Haar und einem Meer aus Sommersprossen im Gesicht. »Du sitzt ab sofort dort drüben.« Ihr Zeigefinger schoss um Haaresbreite an der neben ihr stehenden Jasmin vorbei und deutete auf ein Schreibpult hinten rechts in der Ecke.

»Und du, liebe Jasmin, wirst hier Platz nehmen.« Isolde schob die Prinzessin auf den frei werdenden Platz und wandte sich dann an die ganze Klasse. »Jasmin ist ab sofort eure neue Mitschülerin. Untersteht euch, sie mit Fragen zu belästigen, die sie sowieso nicht beantworten wird.« Der warnende Unterton war nicht zu überhören. »Und jetzt fahren Sie mit dem Unterricht fort, Herr Lambus.« Sprach's und verschwand hinter der steinernen Tür, die sich langsam wieder schloss. Es dröhnte und polterte kurz darauf im Gemäuer, aber dieses Mal war niemand besorgt. Nun kannten sie alle die Erklärung dafür. Es war der Paternoster. Und wenn Trudy es richtig kombinierte, dann führte dieser Aufzug Frau Korn auf direktem Weg zurück in ihr Büro.

»Fahren wir also mit dem Unterricht fort«, murmelte Herr Lambus und kraulte gedankenverloren seinen nicht vorhandenen Bart.

Jasmin saß kerzengerade auf ihrem Stuhl und sah ihren neuen Lehrer für Geheimsprachen erwartungsvoll an. Etwa so gespannt, als wäre heute ihr allererster Schultag überhaupt.

Seltsam, dass Frau Korn für ihren Liebling dann keine Schultüte besorgt hat, dachte Trudy und kniff die Lippen fest zusammen.

Diese indische Prinzessin ging ihr mittlerweile etwas auf die Nerven. Ein Seitenblick auf Marlene reichte aus, um zu wissen, warum. Marlene strahlte Jasmin nämlich an, als wäre die hübsche Inderin ein großes Omelette mit Moosbeersirup. Auch Violetta und Evie beobachteten die Neue höchst interessiert. Und dann fiel Trudy die Kinnlade hinab. Was war denn in die

Jungs gefahren? Sie starrten fasziniert auf Jasmins Hände, die gerade das lange schwarze Haar mit einem Haarclip am Hinterkopf festklemmten. Und Trudy hätte sämtliche Schätze aus ihrem Geheimversteck darauf verwetten können, dass sie nicht nur von den vielen goldenen Ringen und Armreifen von Jasmin angetan waren.

Trudy schüttelte den Kopf. Sie ärgerte sich. Hatten jetzt etwa alle den Verstand verloren? War ihnen denn nicht klar, dass sie es einzig und allein Jasmin zu verdanken hatten, von nun an in diesem modrig riechenden Kellergewölbe unterrichtet zu werden?

Wochenende im Moosbeerhaus

Am Freitagmorgen brachte Victor Trudy eine Nachricht auf seinem Silbertablett an den Frühstückstisch. Marlene reckte neugierig den Hals, und auch Violetta und Evie, die mit dem Rücken zu Trudy und Marlene saßen, kippten auffällig weit ihre Stühle nach hinten, um etwas aufzuschnappen.

Trudy öffnete den kleinen Umschlag, auf dem einzig ihr Name stand, und zog eine handgeschriebene Notiz heraus:

Herzlich willkommen zurück.
Hole dich um 15 Uhr ab,
T. R.

»Oh nein«, stöhnte Trudy und reichte den Zettel an Marlene weiter. T. R. stand für Tante Rita, und diese Nachricht bedeutete, dass sich soeben ihre Pläne fürs Wochenende in Luft aufgelöst hatten, weil sie die kommenden zwei Tage im Moosbeerhaus verbringen würde.

»Ist doch toll!« Marlene freute sich, denn sie mochte Tante Rita sehr. Genau wie Trudy. Tante Rita war ja auch gar nicht das Problem. Das Ärgerliche für Trudy war, dass sie sich einen umfassenden Spionageplan für die beiden freien Tage ausgedacht hatte. Man bewegte sich einfach freier im alten Gemäuer der Academy, wenn viele Schüler das Internat fürs Wochenende verlassen hatten und die meisten Lehrer ebenso.

Doch es half nichts. Pünktlich um 15 Uhr am Freitagnachmittag fuhr Tante Rita mit ihrem Mini am Hauptportal der Academy vor. Trudy warf einen schnellen Blick aus ihrem Fenster und grinste. Tante Rita stieg umständlich aus dem winzigen Auto aus und zog den dabei in den Nacken gerutschten Hut wieder tief ins Gesicht zurück. Sie schlug den Kragen ihres Wollmantels hoch und lief vor der großen Freitreppe in zackigen Schritten auf und ab.

Trudy schob noch schnell ihren großen Koffer auf die Bodenklappe im Kleiderschrank. Dann schnappte sie ihren kleinen Rucksack und schloss die Zimmertür zweimal hinter sich ab. Sicher war sicher.

»Das wurde aber auch Zeit!«, rief Tante Rita, als Trudy aus dem Hauptportal schlüpfte. Rita blieb vor dem Wagen stehen, riss die Beifahrertür für Trudy weit auf und Boscos lautes Gebell schallte ihnen entgegen. Bosco hieß mit komplettem Namen Bosco von der Bogenhütte und war ein Jack Russell Terrier.

»Wieso?« Erschrocken sah Trudy auf ihre Armbanduhr. »Es ist exakt 15 Uhr und 42 Sekunden.«

»Ach, aber das meine ich doch gar nicht.« Tante Rita kicherte und ihr Mund verzog sich dabei zu einem breiten Grinsen. Überhaupt sah sie genauso aus wie Trudy. Sie hatte das gleiche struppig schwarze Haar, nur trug sie es zu einem Knoten hochgesteckt, und es war hier und da von feinen grauen Fäden durchzogen. Aber das konnte Trudy nur erahnen, denn Rita ging nie ohne Hut aus dem Haus. Heute bedeckte ein karierter Regenhut ihren Kopf, den sie nun ein wenig nach hinten schob, um Trudy ernst ansehen zu können. »Ich meinte doch: Das wurde aber Zeit, dass du deine alte Tante mal wieder besuchst.«

Trudy freute sich plötzlich auf das Wochenende, auf die lustigen Stunden mit Tante Rita, Papas älterer Schwester, auf das Moosbeerhaus und auf Bosco.

»Hallo, Boss«, begrüßte Trudy den Hund auf dem Rücksitz. Sie kramte in den Manteltaschen ihres Dufflecoats nach den Katzenzungen, die sie vorhin noch schnell eingesteckt hatte, und hielt Bosco auf der offenen Handfläche eine davon entgegen. Nanu? Er schnupperte neugierig daran, aber legte sich dann ohne sie zu futtern zurück auf die Sitzbank. »Was ist denn mit Boss los?«, fragte Trudy verblüfft, als sie sich anschnallte.

»Braver Junge«, lobte Rita, ließ den Motor aufheulen und sauste durchs Kiesbett vor dem alten Herrenhaus davon. »Er ist viel zu schlau, um auf irgendwelche Köder anzuspringen.«

Trudy wagte nicht zu widersprechen. Doch sie sah skeptisch auf die kleinen Katzenzungen in ihrer Hand, die scheinbar nicht funktionierten. Es wurde Zeit, mal wieder an einem richtigen Fall zu arbeiten, um all die Schätze aus dem Einkaufscenter für Spionagezubehör auszuprobieren. Trudy seufzte tief und sah zum Fenster hinaus übers Wollmoor.

Es war einer jener Tage, an denen die Sonne schon vor dem Morgengrauen den Wettkampf gegen den Vorhang aus trüben Regenwolken verloren hatte. Den ganzen Vormittag hatte der Regen die Farben aus dem Moor gewaschen und alles in eine tiefgraue Regensuppe getaucht. Selbst jetzt, nachdem es aufgehört hatte zu regnen, standen nasse und eiskalte Schleier über den Moorwiesen.

»Dieses Seufzen kenne ich, Trudy Taff.« Tante Rita lenkte den Mini auf die Hauptstraße Richtung Cranesbill. Links konnte Trudy noch einen Blick auf die Sherlock-Holmes-Academy erhaschen. Sie seufzte ein zweites Mal, nur noch ein bisschen tiefer. Hinter einer der Fensterscheiben im Westturm würde Jasmin ein einsames und langweiliges Wochenende verbringen und die einzige Ablenkung würden Isolde Korns regelmäßige Besuche pünktlich eine Viertelstunde vor den Mahlzeiten sein.

»Nun spuck es schon aus, Trudy«, sagte Rita und lächelte, nachdem sie ebenfalls einen kurzen Blick auf die Sherlock-Holmes-Academy geworfen hatte. »Was ist es? Na? Liebeskummer?«

»Tante Rita!«, entrüstete Trudy sich.

»Was denn, was denn?« Rita schaltete die Nebelschlussleuchte ein, denn immer dichtere Dunstwolken tasteten sich mit eisigen Klauen über die Landstraße. »Denkst du, ich war niemals jung?«

»Es ist nur ...«, begann Trudy und sah nach rechts Richtung Cranesbill. Dort unten im Ort wohnten Marlenes Eltern und auch Oscars Onkel, der Antiquitätenhändler Herr Martins. Für einen kurzen Augenblick wünschte Trudy sich, dass Tante Ritas Moosbeerhaus auch dort unten in Cranesbill und nicht irgendwo am Ende des Wollmoors liegen würde.

»Ja-ha-haa?«, machte Tante Rita lang gedehnt und

klang mehr als neugierig. Das lag wohl in ihrer Natur. Schließlich war sie eine Detektivin.

»Wir haben eine Neue«, flüsterte Trudy und fühlte sich sogleich besser. Endlich war es raus.

»Aha«, machte Rita wissend, drückte den Blinker nach links und bog in einen kleinen Feldweg ein.

»Was heißt aha?«, fragte Trudy verunsichert. Es kam schließlich öfter vor, dass sie neue Mitschüler bekamen.

»Aha heißt so viel wie: Spürnase, ich fühl dich kribbeln!« Tante Rita guckte dabei todernst.

Unheimlich, dachte Trudy. Manchmal war es nahezu gespenstisch, wie ähnlich sie sich waren.

Der schmale Schotterweg schlängelte sich durchs Wollmoor und war links und rechts mit etwa kniehohen Sträuchern eingesäumt. Moosbeersträucher, wohin das Auge blickte. Im Herbst hatten Tante Rita, Trudy und Marlene so viele Moosbeeren geerntet wie noch nie zuvor, wenn man Ritas Schwärmereien Glauben schenken durfte. Sie hatten Marmelade gekocht und ganze Meere von Moosbeeren auf dem niedrigen Dachboden zum Trocknen ausgelegt. Tante Rita hatte nächtelang Liköre angesetzt, und Trudy knurrte der Magen, wenn sie an all die leckeren Kuchen dachte.

Endlich! Glücklich atmete Trudy auf, als sie auf der linken Seite das Moosbeerhaus entdeckte. Es war ein einstöckiges Fachwerkgebäude, dessen Mauern zwischen den dicken Eichenbalken schneeweiß gestrichen waren. Jetzt, im tiefsten Winter, konnte man nur erahnen, wie wundervoll das Moosbeerhaus im Spätsommer aussah. Dann nämlich, wenn die Kletterrosen, die sich an den Mauern hochschlängelten, in ihrem Zartrosa mit den tiefroten Moosbeeren um die Wette leuchteten. Trudy erinnerte sich noch genau an den Duft: Rose mit Moosbeer- und Brombeergeruch vermischt. Das Moosbeerhaus war für Trudy ein drittes Zuhause geworden – neben ihrem Zuhause bei ihren Eltern und der Sherlock-Holmes-Academy – an den vielen Wochenenden, die sie im letzten halben Jahr hier verbracht hatte.

»Willkommen daheim!«, rief Tante Rita, nachdem sie die feuerrot gestrichene Haustür aufgeschlossen hatte. Es klang beinahe so, als hätte sie Trudys Gedanken gehört.

Zu Trudys maßloser Enttäuschung war das Moosbeerhaus lupenrein aufgeräumt.

Schade, dachte sie. Nicht nur, weil Trudy ein gewisses Chaos liebte. Nein. Es bedeutete, dass Tante Rita augenscheinlich an keinem neuen Fall arbeitete. Trudy wusste nur zu genau, wie es aussah, wenn ihre Tante detektivisch tätig war. Überall in dem nicht sehr geräumigen Moosbeerhaus stapelten sich dann Aktenordner und Bücher für die Recherchearbeit.

Doch jetzt schien es selbst Bosco zu langweilig zu sein. Er trottete langsam ins Haus und legte sich in das Hundekörbchen im Flur. Mit einem Auge schien er gleich eingeschlafen zu sein. Das andere Auge aber ließ Trudy und Rita nicht aus dem Wachhundeblick.

»Wir haben noch eine Menge Zeit, um das Treffen heute Abend vorzubereiten«, rief Tante Rita aus der Küche und Trudy folgte ihr neugierig.

»Treffen?«, fragte sie und ging zu der kleinen Tür hinter der Küchenzeile. Dort, wo jeder vermutlich die Vorratskammer erwartete, war Trudys Zimmer. Das Wort Zimmer war dabei aber reichlich übertrieben. Der Raum glich eher einer Kammer. Es passte dort gerade mal ein Bett hinein und anstelle eines Kleiderschranks gab es nur eine hüfthohe Kommode, die Tante Rita unter die Dachschräge geschoben hatte. Dennoch, Trudy liebte diese Kammer. Am Morgen erwachte sie von den leisen Geräuschen, die Tante Rita in der Küche machte, wenn sie sich ihren Kaffee kochte. Wenn es Abend war im Moosbeerhaus, dann konnte sie von ihrem Bett aus durch das winzige Fenster die Sterne funkeln sehen.

»Ordentreffen«, antwortete Rita und strahlte.

»Ist das wahr?«, fragte Trudy aufgeregt und eilte zurück in die Küche. »Heute? Wann denn? Wo denn?«

»Um sechs Uhr. Hier!«, meinte Trudy verstanden zu haben, aber genau hatte sie es nicht gehört. Tante Rita hing nämlich kopfüber in einem Vorratsschrank und kramte nach irgendetwas.

Ordentreffen. In Trudys Nasenspitze kitzelte es vor Aufregung. Damit hatte sie nicht gerechnet, dass sie heute Abend Marlene doch noch wiedersehen würde. Aber so viel war sicher, denn ihre beste Freundin gehörte genau wie sie und Tante Rita zum *Orden der Schwarzen Eule*. Gegründet wurde dieser Orden schon vor langer, langer Zeit. Isolde Korn, die Schulleiterin der Sherlock-Holmes-Academy, war damals selbst Schülerin im Internat gewesen. Isolde Korn, Tante Rita und zwei Jungs von der I.O.S. hatten den Orden damals gegründet. Für ihre privaten und höchst geheimen Treffen. Und besonders für ihre außerschulische Spionagearbeit. Sie wurden berühmt, soweit man das so bezeichnen konnte, denn niemand wusste, wer hinter der geheimen und sehr erfolgreichen Ermittlerbande steckte. Trudy und Marlene waren kürzlich bei einem Kriminalfall auf den Orden der Schwarzen Eule gestoßen. Und das war wirklich ein Abenteuer gewesen, als sie das Geheimnis des Ordens gelüftet hatten, einen Verbrecher geschnappt und am Ende sogar selbst Nachwuchsmitglieder im Orden der Schwarzen Eule geworden waren. Nicht nur Marlene und sie, sondern auch Oscar und Joe von der I.O.S., der Internationalen Organisation für Spione. Niemand in der Sherlock-Holmes-Academy durfte und würde das je erfahren.

Pünktlich um sechs Uhr kamen sie. Herr Martins, der Antiquitätenhändler von Cranesbill, mit Oscar, seinem Neffen, dessen bestem Freund Joe und Marlene, die sie bei ihren Eltern aufgelesen hatten. Nur Isolde Korn war unpünktlich, und das machte ihnen Sorgen. Nach fünfzehn Minuten waren sie sich sicher, dass irgendetwas nicht stimmte, und Tante Rita rief Isolde Korn in der Academy an. Es war ein kurzes Telefonat, und nachdem sie aufgelegt hatte, meinte Rita: »Merkwürdig, wenn ihr mich fragt. Isolde nuschelte irgendetwas von Wachablösung, auf die sie noch warten müsse.«

»Hoffentlich steckt sie nicht in Schwierigkeiten«, meinte Herr Martins besorgt.

Trudy und Marlene aber tauschten wissende Blicke. »Die Prinzessin!«, riefen sie wie aus einem Mund.

Sie berichteten ausführlich von Jasmin und dem Rund-um-die-Uhr-Personenschutz, den Isolde ihrem neuen Schützling zukommen ließ.

»Aber Isolde ist doch sonst nicht so vorsichtig«, sagte Tante Rita erstaunt.

»Eine echte Prinzessin?«, fragte Oscar interessiert und das Glänzen in seinen blauen Augen gefiel Trudy ganz und gar nicht.

»Wow«, machte Joe und pfiff leise durch die Zähne.

»Passt bloß auf, was ihr sagt!«, warnte Trudy gerade, als sie ein Auto auf dem Schotterweg näher kommen hörten.

»Na also, da ist sie ja«, rief Tante Rita und eilte zur Haustür.

Sie kamen nicht zu zweit, sondern zu dritt zurück in die Küche.

Im Schlepptau

Tante Rita hatte hektische rote Flecken auf den Wangen und sah bedeutungsvoll in die Runde, doch bevor sie etwas sagen konnte, schob Isolde Korn Jasmin vor sich her in die Küche des Moosbeerhauses.

Trudy und Marlene hatten nicht zu viel versprochen. Jasmin sah in ihrem indischen Wickelkleid tatsächlich aus wie eine Prinzessin. Sie drückte Isolde Korn mit einem ängstlichen Blick auf Bosco ihre Katze in die Arme.

»Keine Angst, Bosco steht nicht auf Katzengeschmack«, beruhigte Trudy sie grinsend.

Jasmin guckte etwas verwirrt, legte dann aber die Handflächen aneinander und grüßte mit einer schnellen Verbeugung in die Runde.

Herr Martins war sogleich aufgesprungen, um der Prinzessin seinen Platz anzubieten, und während sich Jasmin nun zu Oscar und Joe auf die Küchenbank setzte, klappte diesen vor lauter Staunen die Kinnlade hinunter.

»Ähäm.« Trudy räusperte sich, aber das störte die beiden kein bisschen. Sie starrten Jasmin unverhohlen an.

»Entschuldigt bitte meine Verspätung.« Die Schulleiterin der Sherlock-Holmes-Academy linste ins Wohnzimmer, öffnete die Abstellraumtür und sah sogar kurz unter dem Küchentisch nach, bevor sie offenbar beruhigt erzählte: »Jasmins Wach…, äh, Jasmins Verabredung hat uns versetzt, sodass ich sie kurz entschlossen mitgenommen habe.« Nach einer kurzen Pause fragte Isolde Korn nun endlich: »Darf ich vorstellen? Das ist unsere Jasmin, äh, Jasmin Violet. Und das, Jasmin, sind Rita Taff, die Tante unserer aufgeweckten Trudy, die du ja schon kennst, Herr Martins mit seinem Neffen Oscar und seinem besten Freund Joe. Marlene kennst du ja auch schon aus der Schule.«

Jasmin lächelte freundlich in die Runde und zeigte ihre strahlend weißen Zähne.

»Hey, wie cool ist das denn?«, rief Joe plötzlich, sauste um den Küchentisch herum und rutschte von der anderen Seite zurück auf die Bank. Nun saß auch er neben Jasmin, und es sah so aus, als hätten Oscar und er beschlossen, die neuen Leibwächter der Prinzessin zu sein. Jedenfalls nahmen sie sie in ihre Mitte, als wollten sie sagen: Wer auch immer dir etwas tun will, er muss zuerst an uns vorbei.

Joe zwinkerte Jasmin verschwörerisch zu. »Jetzt bin ich endlich nicht mehr der einzige Fremdling unter all diesen Europäern hier.« Er deutete auf seine maronenbraune Haut.

»Als ob das eine Rolle spielt!« Oscar blähte sich auf wie ein Pfau.

»Das sehe ich genauso. Ich bin schon so viel herumgereist, glaub mir, Joe! Und irgendwann siehst du diese oberflächlichen Unterschiede gar nicht mehr. Oder sagen wir: Sie sind nicht wichtig. Egal, welche Hautfarbe du hast, an den meisten Orten auf der Welt bist du immer ein Fremder.«

Trudy konnte sich nicht daran erinnern, so viele Worte von Jasmin zuvor gehört zu haben.

Isolde Korn nickte. »Wie wahr, liebe Jasmin.«

Tante Rita guckte immer noch reichlich verdutzt und meinte: »Jetzt brauchen wir erst einmal einen Schnaps.« Und den holte sie dann auch. Gut, sie holte natürlich keinen Schnaps, sondern ihren Moosbeerlikör, und auch nur drei Gläschen und nicht acht.

»Ist dein Name tatsächlich Joe?«, wisperte Jasmin neugierig, ließ dabei aber Tante Rita, Isolde Korn und Herrn Martins nicht aus den Augen, die sich leise flüsternd mit ihrem Likör ins Wohnzimmer verzogen. Eigentlich durfte sie ja nicht mit ihnen reden.

»Nein. Genau genommen heiße ich Joseph«, antwortete Joe mit zerknirschtem Gesicht.

»Wundervoll!« Jasmin klatschte vor Begeisterung in die Hände. »Ich liebe diesen Namen. Von nun an nenne ich dich Joseph, einverstanden?«

Trudy war sich nicht sicher, ob Joe rot geworden war, jedenfalls nickte er verlegen.

»Ich freue mich sehr, dass ich so viele neue Freunde gefunden habe«, erklärte Jasmin stolz, als Trudy aufs Schärfste protestieren wollte. Sie holte gerade tief Luft, um mit ihrer Rede loszulegen, als Marlene ihr zuvorkam.

»Komm nicht auf die Idee, uns in der Academy zu verraten. Kein Sterbenswörtchen darüber, dass Trudy und ich mit zwei Jungs von der I.O.S. befreundet sind«, warnte sie, und weil Jasmin so erstaunt guckte, erklärte sie ihr die besondere Feindschaft zwischen den beiden Schulen.

»Wie spannend!«, fand Jasmin das alles leider nur, und Trudy machte sich ernsthafte Sorgen, dass sie sie verpetzen könnte. Jasmin aber strahlte übers ganze Gesicht, als Isolde Korn mit Tante Rita und Herrn Martins im Schlepptau wieder zurück in die Küche kam. »Frau Korn, das ist der aufregendste Abend in meinem Leben. Wie herrlich, mal nicht den ganzen Tag in meiner Kammer zu verbringen.«

»Kammer nennst du das?«, fragte Trudy kichernd

und dachte an Jasmins Zimmer in der Academy. »Willst du mal eine echte Kammer sehen?« Sie sprang auf und öffnete die kleine Tür zu ihrem Zimmer im Moosbeerhaus. Es dauerte ein paar Augenblicke, bis Jasmin sich hinter dem Tisch hervorgeschlängelt hatte.

»Nein, wie süß!«, rief sie begeistert, als sie einen Blick in Trudys Zimmer warf. Dann drehte sie sich zu Tante Rita herum. »Solch eine Verwandte mit Moosbeerhaus, Detektei, Wachhund und Schlafkammer hätte ich auch gerne«, seufzte sie sehnsüchtig.

Tante Rita aber kam durch die Küche gestürzt, legte ihre Hand auf Jasmins Schulter und sagte zu Trudys blankem Entsetzen: »Du bist immer herzlich willkommen in meinem bescheidenen Moosbeerhaus, liebe Jasmin.«

Schnell zog Trudy die Tür wieder zu. Das wurde ja immer bunter! Jetzt hatte die Prinzessin auch schon ihre Tante um den Finger gewickelt.

»Das ist lieb gemeint, Tante Rita, aber sicher unter dem Niveau einer Prinzessin, nicht wahr, Jasmin?«, fragte Trudy und zog die Augen zu Schlitzen zusammen. Tante Rita war und blieb ihre Tante. Es sollte ja wohl für eine Prinzessin nicht sonderlich schwer sein, eine Tante wie Rita aufzutreiben.

Jasmin schaute erstaunt, Tante Rita verfiel in eine Schnappatmung, und Isolde Korn? Die knallte ihr Glas auf die Tischplatte, griff sich ihre Jacke und zog die verwunderte Jasmin an der Hand hinter sich her. Sekunden später hörte man den Motor des Sherlock-Holmes-Academy-Shuttles aufheulen, und weg waren sie.

»Weg, einfach weg«, stammelte Trudy und sah fassungslos aus dem Fenster dem kleinen Schulbus hinterher.

»Das war aber auch wirklich nicht sehr nett von dir«, schimpfte Tante Rita zum ersten Mal mit Trudy und setzte sich zurück an den Küchentisch.

Herr Martins schüttelte noch immer den Kopf, und auch Marlene, Oscar und Joe schienen ihre Gedanken noch nicht wieder sortiert zu haben.

»Was hab ich denn Schlimmes gesagt?«, fragte Trudy. »Ich meine: Sie machen in der Academy einen riesigen Aufstand um Ihre Hoheit. Ehrlich, ihr müsstet das mal sehen. Die Prinzessin isst immer fünfzehn Minuten vor den anderen. Und ihr Zimmer erst: Ein Palastgemach ist nichts dagegen. Wir sind sogar mit unserer ganzen Klasse in den Keller des Haupthauses umgezogen, damit das Blaublut nur ja keinen Fuß vor die Tür setzen muss. Und dann will sie in meine Kammer hier einziehen? Ich hätte ihr von der Maus erzählen sollen, die in der Morgendämmerung über die Dachschräge wandert.«

Herr Martins fing sich als Erster wieder. Er nickte und sah Tante Rita mit einem Schulterzucken an. »Womit Trudy nicht ganz unrecht hat, Rita. Oder kannst du dich erinnern, dass sie jemals einen unserer Mitschüler so behandelt haben? Nicht in der I.O.S. jedenfalls.«

»Hm«, machte Tante Rita und sah grübelnd aus dem Fenster. Längst waren die Lichter des kleinen Schulbusses in die Dunkelheit eingetaucht. »Nein, du hast Recht. Was ist nur in Isolde gefahren, dass sie das Mädchen den anderen Schülern so vorzieht?«

»Dafür gibt es nur eine einzige Erklärung.« Wissend sah Herr Martins in die Runde. »Gut, vielleicht ist das Mädchen tatsächlich eine Prinzessin. Glaube ich aber nicht. In Indien gibt es schon lange keine Adelshäuser mehr. Die letzten Maharadschas verloren ihre Adelswürde Ende der Fünfzigerjahre. Das bedeutet …«

»Das bedeutet, sie ist gar keine Prinzessin?«, flüsterte Marlene enttäuscht.

Auch Oscar und Joe lehnten sich geknickt zurück. Der Traum, mit einer echten indischen Hoheit befreundet zu sein, verpuffte gerade wie die Abgase aus Tante Ritas altem Mini.

»Genau das meine ich. Gut, sie mag tatsächlich aus einer alten und adligen indischen Familie stammen, aber Isoldes Verhalten lässt nur einen Schluss zu …« Herr Martins erhob sich und lief in Ritas kleiner Küche auf und ab. »Das Mädchen braucht Personenschutz, weil sie in ernsthafter Gefahr ist.«

Donnerwetter, dachte Trudy. Darauf hätte sie auch selbst kommen können. »Dann macht auch der falsche Name einen Sinn, unter dem sie hier ist. Ihr müsst nämlich wissen, dass Jasmin Violet nicht ihr richtiger Name ist.«

»Sie ist also undercover hier?«, fragte Oscar und schlagartig kehrte das Strahlen zurück in sein Gesicht.

Jungs!, dachte Trudy ärgerlich. Der Titel »Undercover« war vermutlich noch abenteuerlicher für sie als Hoheit oder Prinzessin.

»Aber warum nur? Das arme Ding!«, seufzte Tante Rita mitleidig.

Eine Prinzessin auf Abwegen

Das restliche Wochenende zog sich wie Kaugummi in die Länge. Stundenlang hatten sie am Freitagabend noch zusammengesessen und gegrübelt, warum Jasmin wohl Personenschutz benötigte.

»Wenn das mal kein Fall für den Orden der Schwarzen Eule ist!«, hatte Tante Rita irgendwann geseufzt und daraufhin zustimmendes Nicken allerseits geerntet.

Sie beschlossen, Isolde Korn ausnahmsweise aus ihren Ermittlungen herauszuhalten und die hauptsächliche Detektivarbeit Trudy und Marlene zu überlassen. Und genau darauf musste Trudy dann noch zwei lange Tage warten, bis Tante Rita sie am Sonntagabend pünktlich um achtzehn Uhr vor dem Hauptportal der Sherlock-Holmes-Academy absetzte. Alles Betteln und Flehen, sie schon vorher zurückzubringen, damit Trudy umgehend mit der Spionagearbeit beginnen konnte, stieß auf taube Ohren bei Tante Rita. »Willst du etwa, dass Isolde sofort Verdacht schöpft?«

»Bring mich wenigstens fünfzehn Minuten vor sechs zurück. Um diese Zeit wird die ›Hoheit‹ immer zum

Essen abgeholt«, schlug Trudy vor, aber Tante Rita blieb dabei.

»Keine verdächtigen Handlungen, wenn man an einem Spionagefall arbeitet. Gerade dann ist Tarnung und Unauffälligkeit das A und O.«

Endlich, endlich war es achtzehn Uhr und in wenigen Minuten würde auch Marlene zurück in der Academy sein. Diese fuhr wie immer mit ihrem Fahrrad ins Internat, und Tante Rita und Trudy hatten sie auf Höhe der dreizehn Birken vorhin überholt.

Trudy stürzte die Treppen hinauf in den Westturm, aber sie kam zu spät. Gerade hatte Jasmin ihre Zimmertür wieder verriegelt und Isolde Korn kam ihr auf dem Flur entgegen. Trudy wusste nicht, was sie erwartet hatte, aber irgendetwas musste Frau Korn doch nun tun. Sie rechnete seit Freitagabend damit, dass ihr die Schulleiterin für ihre Frechheit eine Menge Holmes-Münzen von ihrem Konto abziehen würde. Aber nichts dergleichen geschah. Isolde Korn nickte nur kurz und ging wortlos weiter. Seltsam, äußerst unüblich, dass Frau Korn so schweigsam und abwesend war. Sie tat Trudy beinahe schon leid.

Nach dem Abendessen trafen sie sich in Marlenes Zimmer. Selbstverständlich ging Trudy nicht über den Flur, sondern benutzte den Geheimgang.

Sie recherchierten gerade über indische Adelshäuser, als sie oben an Trudys Zimmertür ein Klopfen hörten. Wie der Wind schoss Trudy in Marlenes Kleiderschrank und hangelte sich die Strickleiter hinauf. Sie kletterte aus ihrem Kleiderschrank und verschloss ihn zur Vorsicht. Die Verbindung zwischen Trudys und Marlenes Zimmer war ein wohlgehütetes Geheimnis und einzig Frau Korn schien dieses zu kennen. Trudy sauste zur Zimmertür, doch sie kam zu spät. Wer immer sie besuchen wollte, er war verschwunden. Trudy war gerade dabei, enttäuscht die Tür wieder zu schließen, als sie den kleinen Zettel fand.

Liebe Trudy,
könntest du mich nicht mal mit deiner
Freundin besuchen kommen?
Herzlichst, Jasmin

Trudy schlich auf den Flur hinaus und lauschte an Jasmins Zimmertür. Sie konnte es nicht beschwören, aber sie meinte, ein leises Katzenschnurren gehört zu haben. Schnell eilte Trudy zurück in ihr Zimmer und riss die Tür zum Kleiderschrank wieder auf. »Marlene?«, raunte sie durch die offene Luke nach unten, bis ihre Freundin ein Stockwerk tiefer in ihrem Kleiderschrank auftauchte. »Marlene, komm schnell, das musst du dir ansehen!«

So etwas ließ Marlene sich natürlich nicht zweimal sagen.

»Das läuft ja wie am Schnürchen!« Trudy hatte den Verdacht, dass Marlene Jasmin noch immer für eine indische Prinzessin hielt. Außerdem konnte sie nun endlich selbst einen Blick in das Reich der »Hoheit« werfen.

Sie vergewisserten sich zunächst, dass die Luft im Flur rein war. Dann klopfte Marlene zaghaft an Jasmins Zimmertür. Sie hörten ein Geräusch, als ob jemand auf der anderen Seite auf und ab ging, aber nichts geschah.

»Was soll denn das?«, regte Marlene sich auf. »Zuerst lädt sie uns ein und dann öffnet sie nicht!« Sie bollerte dieses Mal lauter mit der Faust gegen Jasmins Zimmertür. Wieder nichts.

»Lass mich mal versuchen.« Trudy schob Marlene beiseite und schloss ihre Augen, um sich zu konzentrieren. Wie war das noch gleich? Ach ja. Zweimal lang und dreimal kurz geklopft. Dann kramte sie nach ihrer Academy-Card und schob sie unter dem Türschlitz hindurch. So machte es Isolde Korn jedenfalls immer.

Marlene sah ihr skeptisch und mit hochgezogenen Augenbrauen dabei zu. »Siehste? Du weißt es auch nicht …«, wollte sie sich gerade aufregen, als ein leises Geräusch an der Zimmertür ihnen verriet, dass jemand den Schlüssel im Schlüsselloch herumdrehte. Dann rasselten Metallketten und als Letztes ertönte das leise Piepen.

»Woher wusstest du …?« Marlene sah Trudy bewundernd an.

»Ach, ich hab's mir nur von Isolde Korn abgeguckt«, winkte Trudy bescheiden ab.

»Kommt herein«, bat Jasmin Sekunden später und stand mit einer angedeuteten Verbeugung in ihrer Zimmertür.

»Also, da musst du dich nicht wundern, wenn man dich für eine Prinzessin hält«, schimpfte Marlene, als sie einen ersten Rundumblick in Jasmins Zimmer geworfen hatte.

»Ich weiß«, seufzte Jasmin und schloss die Tür hinter ihnen sorgfältig ab. »Ich sag Papa immer wieder, dass er den ganzen Plunder lassen soll. Aber er besteht darauf.«

»Warum?«, fragte Trudy neugierig und beugte sich zu Jasmins Katze hinab, die ihnen schnurrend um die Beine strich.

»Weil wir so oft umziehen. Ständig ein neues Zuhause. Da meint er, es wäre gut, wenn ich zumindest immer meine Möbel dabeihabe«, erklärte Jasmin und hockte sich ebenfalls auf den Boden. Die Siamkatze legte ihren Kopf in Jasmins Schoß und ließ sich von ihr das Nackenfell kraulen.

»Und Frau Korn hat das einfach so erlaubt? Auch die Katze?«, fragte Marlene verblüfft.

»Klar, warum denn nicht?« Jasmin schaute etwas verwirrt drein, und es schien so, als kenne sie die Schulregeln tatsächlich nicht.

Trudy erklärte ihr, dass Haustiere im Internat streng verboten waren.

»Wie heißt deine Katze denn?«, fragte sie und freute sich, dass sie zu ihr zurückkam. Trudy mochte Tiere. Hunde ganz besonders. Aber diese Katze hatte etwas so Anmutiges und Schlaues in ihrem Gesicht, dass man sie einfach nur gernhaben musste.

»Samira«, sagte Jasmin abwesend und lächelte Marlene freundlich an, als diese sich behutsam in den Hängestuhl setzte. »Es ist wirklich schön, Besuch zu haben. Auf die Dauer ist es hier oben doch recht langweilig.«

»Du hast wohl nicht viele Freunde?«, fragte Trudy vorsichtig.

»Keine, wenn du es genau wissen willst!« Jasmin nestelte umständlich an Samiras Halsband herum.

»Keine? Keine einzige Freundin?«, rief Marlene mitleidig, und als Jasmin traurig nickte, hätte selbst Trudy vor lauter Mitgefühl losheulen können.

»Warum denn nicht?«, fragte sie stattdessen. Gefühlsduselei war gefährlich für eine Detektivin. Wenn einer keinen einzigen Freund hatte, dann war das nicht nur traurig, sondern auch höchst verdächtig.

»Papa hat es mir verboten. Darum.«

Trudy schnalzte mit der Zunge. Das musste man sich nur mal vorstellen. Jasmin sagte ihnen bestimmt nicht die Wahrheit. Daran hatte sie nun keinen Zweifel mehr. Wie konnte denn ein Vater seiner Tochter verbieten, Freunde zu haben? Unmöglich.

»Und was sagt deine Mutter dazu?« Marlene stoppte die Schaukel und sah Jasmin mit zur Seite geneigtem Kopf skeptisch an. Auch sie schien dieser Möchtegern-Prinzessin kein einziges Wörtchen mehr zu glauben.

»Meine Mutter?«, fragte Jasmin erschrocken und blickte zwischen Trudy und Marlene lange hin und her. Dann stand sie auf und holte eine Fotografie aus ihrer Schultasche. »Das war meine Mutter. Hübsch, nicht wahr?«

»War?«, flüsterte Marlene ergriffen, als sie das Foto in die Hand nahm.

»Hm, hm, war«, bestätigte Jasmin nickend. Dann reichte sie das Bild weiter an Trudy. Jasmin hatte nicht übertrieben. Die Frau auf der Fotografie sah wunderschön aus und Jasmin glich ihr aufs Haar.

»Warum verbietet dir dein Vater, Freunde zu haben?«, fragte Trudy, als sie Jasmin das Foto zurückgab.

»Er sagt, es ist zu gefährlich für mich.« Jasmin steckte das Bild zurück in ihre Schultasche.

»Zu gefährlich?« Trudys Nasenspitze kitzelte plötzlich und sie horchte auf. Jetzt würden sie Jasmins Geheimnis erfahren.

»Es tut mir leid«, sagte die Prinzessin jedoch nur schulterzuckend. »Ich darf nicht darüber sprechen.«

Egal, wie sehr Trudy und Marlene sich bemühten, irgendeine Information aus Jasmin herauszubekommen, sie schwieg wie die alten Mauern der Sherlock-Holmes-Academy. Es war dennoch ein lustiger Abend. Jasmin kochte Tee für sie, und Trudy und Marlene weihten sie dann ausführlich in die Geheimnisse der Academy ein.

Kurz bevor Victor seinen abendlichen Rundgang machte, verabschiedeten sie sich und schlichen leise zurück in Trudys Zimmer. Vorher aber strichen sie beide noch einmal Samira über ihr glänzendes Fell.

»Was für ein schönes Halsband«, schwärmte Marlene und betastete vorsichtig die funkelnden Edelsteine.

Trudy stutzte. Sie beugte sich zu Samira hinab und besah die Edelsteine noch einmal ganz genau. Nicht etwa, weil sie mit so etwas zu beeindrucken war. Oh nein, es war ihr angeborener Spürsinn. Einer der funkelnden Steine funkelte nämlich überhaupt nicht und war im Gegensatz zu den anderen Steinchen schwarz und auch ein bisschen größer.

»Ja, Papa hat es heimlich für Samira gekauft. Erst letzte Woche, als wir in London waren«, erzählte Jasmin stolz. Sie hatte schon beinahe die Tür hinter Trudy und Marlene geschlossen, als sie ihren Kopf noch einmal zu ihnen hinaussteckte. »Das war der bisher schönste Abend meines Lebens«, flüsterte sie leise und schloss dann schnell hinter den Mädchen ab.

»Der Schlüssel zum Rätsel um Jasmin scheint bei ihrem Vater zu liegen«, überlegte Trudy Minuten später, zurück in Marlenes Zimmer. »Wir müssten mehr über ihn herausfinden. Nur wie?«

»Ich hab da eine Idee!«, verkündete Marlene und holte ihre Umhängetasche, mit der sie vor wenigen

Stunden aus dem Wochenende zurückgekehrt war. Sie zog einen alten Laptop heraus und schaltete ihn ein.

»Was soll denn das, Marlene?«, fragte Trudy zweifelnd. »Warum nimmst du denn dieses alte Ding und nicht deinen schönen neuen Laptop?«

»Weil dieses alte Ding etwas Besonderes kann, liebe Trudy Taff!« Marlene zupfte aus Spaß an einer langen Haarsträhne, die Trudy ins Gesicht hing, und trommelte dann ungeduldig mit den Fingern auf die Tischplatte. »Der Nachteil ist nur, dass diese alten Schätzchen so lange brauchen, bis sie hochgefahren sind.«

Trudy zog sich einen Stuhl heran und wartete gespannt darauf, was Marlene mit dem alten Laptop vorhatte. Als Marlene auf den Dateiordner mit dem Namen »Lund-Recherche« klickte und selbstsicher ein Passwort eingab, traute Trudy ihren Augen nicht.

»Marlene«, flüsterte sie, halb begeistert, halb erschrocken über ihre kühne Freundin. »Das kannst du doch nicht machen. Das sind private Daten deines Vaters.«

»Ja und? Hat er mir den Laptop geschenkt oder nicht? Was kann ich denn dafür, wenn er seine Dateien nicht löscht oder nur mit einem so lächerlich einfachen Passwort schützt?«, fragte Marlene etwas genervt und öffnete den Dateiordner »Personensuche«. Sie gab in die Suchmaske der Datenbank »Jasmin Violet« ein.

Diese Suchanfrage brachte keine Ergebnisse, erschien Sekunden später wie erwartet auf dem Bildschirm.

»Was jetzt?«, fragte Marlene.

»Versuch's nur mit Violet«, schlug Trudy vor und glaubte noch immer zu träumen.

Diese Suchanfrage brachte keine Ergebnisse.

Sie probierten es mit allen Namen, die ihnen einfielen und die vor allen Dingen indisch klangen. Doch es blieb dabei. Ihre Suche war erfolglos.

»Wir müssen Jasmins richtigen Namen herausfinden. Ansonsten suchen wir die Stecknadel im Heuhaufen«, erklärte Trudy irgendwann, nachdem Marlene den nächsten vergeblichen Suchauftrag rausgeschickt hatte.

»Prima Idee«, meinte Marlene nickend. »Und wie willst du das anstellen? Ich meine, wir können ja schlecht in Isolde Korns Büro marschieren und danach fragen.«

»Das … ist … die … Idee, Marlene«, flüsterte Trudy, klemmte sich das lange Haar hinter den Ohren fest und weihte dann ihre beste Freundin in ihren wilden, verrückten Plan ein.

Einbruch ins Reich des Löwen

»Wenn das mal gut geht!«, jammerte Marlene zum hundertsten Mal, als sie durch die im Tiefschlaf liegende Academy schlichen.

»Hast du dein Handy wirklich auf stumm geschaltet?«, fragte Trudy und sah zur Vorsicht auch noch einmal auf ihrem Handy nach.

Im ersten Stockwerk, vor der Tür des Büros der Schulleiterin verharrten sie und lauschten in die Nacht.

»Also gut, Marlene«, wisperte Trudy. »Wünsch mir Glück!«

Marlene nickte heftig, denn sprechen konnte sie vor Aufregung wohl nicht mehr. Sie quetschte sich stattdessen in die kleine Nische hinter der wuchtigen Kommode und wartete.

Trudys Herz klopfte bis zum Hals, als sie die große Freitreppe in die Eingangshalle hinabstieg. Die Kellertür quietschte laut beim Öffnen und Trudy zählte leise bis zwanzig. Niemand schien sie gehört zu haben. Sie huschte die Kellertreppe hinab und der modrige Geruch ließ ihre Armhärchen senkrecht in die Höhe stehen.

Vergiss die eingemauerten Spione, sagte sie sich immer und immer wieder in Gedanken. Die Kälte umschlang ihre Knöchel wie mit eisigen Fingern. Vorsichtig, Schritt für Schritt tastete Trudy sich zu der großen Flügeltür zu ihrem Klassenraum vor. Das Blut rauschte laut in ihren Ohren, als sie ins Klassenzimmer schlich und in ihrer Tasche nach dem Handy fischte. Trudy atmete zweimal tief ein und pustete die Luft mit einem kräftigen »Puuuh!« wieder aus. Dann suchte sie die Wand nach dem versteckten Türgriff ab, und als ihr rechter Zeigefinger einen kleinen metallenen Knauf ertastete, wählte sie in ihrem Handy Marlenes Nummer.

Dreimal ließ sie es klingeln. Trudy stellte sich dabei vor, wie Marlenes Handy in deren Hosentasche zart vibrierte. Das war das Zeichen für ihre Freundin, nun an der Bürotür der Schulleiterin Sturm zu klingeln.

Sie hatten alles bis ins kleinste Detail besprochen. Trudy öffnete die Geheimtür und betrat mit einem ausladenden Schritt den Paternoster. Ein ohrenbetäubendes Dröhnen polterte durch die dicken Wände. Es blieb Trudy nun nichts anderes übrig, als sich auf das Ablenkungsmanöver ihrer Freundin zu verlassen.

Der Aufzug schob sich langsam in die Höhe. Trudy schaltete ihre Taschenlampe ein. Sie durchfuhr dickes steinernes Mauerwerk, das kein Ende nehmen wollte. Als sie nach einer Weile von oben einen Lichtschein entdeckte, knipste sie ihre Lampe schnell wieder aus. Doch verstecken war zwecklos. Wenn Isolde Korn noch in ihrem Büro sitzen sollte, dann würden sie sich in wenigen Sekunden Auge in Auge gegenüberstehen.

Trudy wagte auf den letzten Metern kaum noch zu atmen. Ihre Knie wurden vor Aufregung ganz wacklig. Langsam, Zentimeter für Zentimeter erschien das Büro der Schulleiterin in ihrem Blickfeld. Zuerst der Fußboden. Selbstverständlich. Schließlich kam sie ja von unten heraufgefahren. Ein erster schneller Rundumblick und Trudy konnte zu ihrer großen Erleichterung kein Paar Füße erkennen. Marlene war offenbar erfolgreich gewesen. Als der Paternoster sie weiter nach oben gefahren hatte, stieg sie schnell aus. Sie hatte keine Zeit zu verlieren.

»Z … Y … X … W … V, na also«, flüsterte sie lautlos und schnappte sich den Ordner mit dem Buchstaben V. In diesen Ordnern hinter Frau Korns Schreibtisch waren die Schülerdatenblätter abgeheftet. Doch zu ihrer maßlosen Enttäuschung gab es kein Datenblatt mit dem Nachnamen »Violet«.

Trudy stellte den Ordner zurück ins Regal und ließ ihre Finger an der Aktenordner-Reihe entlangwandern. Sie versuchte sich verzweifelt zu erinnern. Was hatte die Schulleiterin damals nur aus Versehen zu Jasmins Vater gesagt? Wenn sie sich doch erinnern könnte. Jeden Augenblick würde Frau Korn den Bluff im Westturm bemerken und im Dauerlauf in ihr Büro zurückeilen. Trudy hatte keine Zeit mehr. Sie wollte gerade in den Paternoster zurückspringen, als es ihr einfiel. »Guten Abend, Herr M…«, hatte Frau Korn gesagt. Das war's.

Trudy horchte ein, zwei Atemzüge lang, dann sauste sie um Isolde Korns Schreibpult herum und schnappte sich den Ordner mit dem Buchstaben M. Es würde ihr aber keine Zeit bleiben, jedes Datenblatt zu lesen, deshalb öffnete sie kurz entschlossen den Aktenordner und kramte nach den Bücherwürmern. Seite um Seite fotografierte sie die Schülerdatenblätter und stellte wenige Minuten später den Ordner wieder zurück ins Regal.

Sie sprang dieses Mal in die linke Seite des Aufzugs und wäre am liebsten kräftig auf- und abgehüpft, um die Fahrt zu beschleunigen. Aber die Luft blieb rein. Trudy fuhr langsam in die Tiefe und im Büro blieb alles still.

Als sie von oben kein Licht mehr sehen konnte, atmete sie erleichtert aus. Im Zeitlupentempo fuhr sie hinab und als der Aufzug zum Stehen kam, hatte Trudy alles, was sie benötigte, in der Hosentasche.

Trudy huschte die Kellertreppe wieder hinauf und schloss gerade die Kellertür hinter sich, als Violetta sie auch schon von der Freitreppe aus anbrüllte: »Was machst du denn da, Trudy Taff?«

Trudy drehte sich langsam um und sah Violetta herausfordernd an. »Ich hab gedacht, es wäre eine gute Gelegenheit, dich in einer Nische dort unten verschwinden zu lassen. Schade, jetzt hast du mich erwischt.« Sie stolzierte die Treppe hinauf, vorbei an der sprachlosen Violetta.

Vor Isolde Korns Büro traf sie Marlene.

»Marlene?«, rief Trudy und tat überrascht. »Was ist denn passiert?«

»Trudy?«, flüsterte Marlene aufgeregt und laut genug, sodass auch Violetta und Evie sie hören konnten. »Ich hab einen entsetzlichen Schrei gehört. Er kam aus Jasmins Zimmer.«

Frau Korn kam um die Ecke gehastet und sah mit Erstaunen die vier Schülerinnen vor ihrer Bürotür an. Sie klatschte dreimal leise in die Hände und verkündete: »Marlene muss sich vertan haben. Ich habe mich höchstpersönlich davon überzeugt, dass es unserer Jasmin gut geht. Ihr könnt also beruhigt ins Bett gehen. Sicher hat Marlene nur schlecht geträumt.« Isolde Korn tätschelte Marlene gutmütig die Wange. »Gute Nacht, und keine Schauergeschichten mehr. Haben wir uns verstanden?«

Der feine Herr Murali

»Nun sag schon!« Marlene trat ungeduldig von einem Bein aufs andere, während sie die Tür zu ihrem Zimmer aufschloss.

»Pssst!«, machte Trudy aber nur, sah sich hektisch um und schlüpfte schnell an Marlene vorbei in deren Zimmer.

Sie kramte die Bücherwürmer aus ihrer Hosentasche und hielt sie stolz wie eine Trophäe hoch in die Luft. »Jetzt haben wir ihn gleich, wetten?«

Marlene schaltete ihren alten Laptop wieder ein und während sie warteten, warfen sie einen prüfenden Blick auf die Fotokopien in den Bücherwürmern.

»Meyer?«, fragte Marlene kichernd, als sie das erste Datenblatt ansah. »Aber das sind doch Evies Eltern.«

»Das weiß ich auch.« Trudy schnappte sich den nächsten Bücherwurm. »Was glaubst du, wie viel Zeit ich in Isolde Korns Büro hatte?«

Die Nachnamen, die sie auf den Datenblättern fanden, kamen ihnen alle bekannt vor. Doch plötzlich sah Marlene verwirrt auf. »Sieh mal, Trudy, du hast aus Versehen eine Akte mit dem Anfangsbuchstaben K kopiert.«

»Das kann nicht sein!« Trudy schüttelte energisch den Kopf. »Lass mal sehen!« Sie forderte den Bücherwurm von Marlene zurück, um sich selbst zu überzeugen.

Tatsächlich. Der Nachname auf dieser Akte begann mit dem Anfangsbuchstaben K. Aber auch sonst war das Ganze reichlich merkwürdig, denn der Name machte keinen Sinn.

KSPYJG stand dort als Nachname und JGJY, HYQKGL unter »Vorname des Schülers, der Schülerin«.

»Das«, sagte Trudy und legte den Bücherwurm auf den Schreibtisch, »kann ja nur einen einzigen Grund haben.«

»Ja-a-a?«, fragte Marlene verwundert und sah sich zur Vorsicht noch einmal die Fotokopie an. »Und welchen, bitte?«

»Der Name ist in Geheimschrift geschrieben«, erklärte Trudy und durchsuchte Marlenes Schulbücher. »Aha«, murmelte sie leise und zog das Buch *Geheime Schriften* aus dem Regal.

»Aber warum?« Marlene kauerte sich neben Trudy auf den Boden. »Warum sollte Isolde Korn sich die Mühe machen, eine Schulakte in einer Geheimschrift auszufüllen?«

»Weil die Schülerin undercover hier ist, zum Beispiel?«, fragte Trudy vielsagend zurück. Klar, es war eine Frage, aber es war auch zugleich die einzig logische Erklärung.

»Du meinst also, das hier ist Jasmins Akte?« Wieder und wieder linste Marlene in den Bücherwurm und sah sich die Fotokopie an. »Schade«, seufzte sie. »Dann war unser Einbruch in Isolde Korns Büro also ganz umsonst?«

Trudy tippte auf Buchseite 38. »Hier, Marlene. Jede Wette, dass unsere liebe Frau Korn die gute alte Cäsarscheibe benutzt hat.«

»Eine Cäsarscheibe?«, fragte Marlene neugierig und las leise vor, was auf Seite 38 im Schulbuch geschrieben stand: »Wenn man eine Nachricht verschlüsseln möchte, kann man zu folgendem Trick greifen: Man schreibt das Alphabet in eine lange Zeile und in der zweiten Reihe verrückt man die Buchstaben des Alphabets um ein paar Stellen. So soll schon Cäsar seine geheimen Liebesbriefe an Kleopatra verschlüsselt haben. Romantisch und intelligent zugleich. Und damit man nicht immer denselben Code verwendet oder alle Buchstaben immer wieder neu aufschreiben muss, kann man sich eine sogenannte Cäsarscheibe basteln. Hierzu schreibt man auf den Rand eines großen und eines etwas kleineren Kreises in gleichmäßigen Abständen das Alphabet. Danach fixiert man die kleinere Scheibe auf der großen so, dass sie noch beweglich bleiben, und kann nun mühelos jeden vorher verabredeten Code einstellen.«

Zwei, drei Herzschläge lang sahen sie sich mucksmäuschenstill an. Dann sprang Marlene mit einem Satz auf die Füße und holte Papier und Stifte. »Ich hab zwar keine Cäsarscheibe, aber wir kriegen es auch so heraus«, meinte sie und zeichnete eine lange Linie aufs Blatt, auf die sie das Alphabet schrieb. Hinter jeden Buchstaben machte sie einen kleinen senkrechten Trennstrich und sah dann Trudy fragend an. »Jetzt müssten wir wissen, um wie viel sie das Alphabet verrückt hat.«

»Eigentlich wissen wir das doch ziemlich genau«, erklärte Trudy.

Und weil Marlene immer noch etwas begriffsstutzig guckte, erklärte sie: »Also, wir suchen nach einem Namen mit M, richtig? Der Nachname hier auf dieser Schülerakte beginnt mit K. Du musst also unter das M ein K schreiben.«

Marlene schrieb in das Kästchen unter dem M im Alphabet ein K und füllte dann die restliche Tabelle aus, indem sie das Alphabet mit dem L fortsetzte. Als sie am Ende der Linie angekommen war, setzte sie die Buchstabenfolge vorne fort. Nach dem Z begann sie von vorn mit einem A und hatte in wenigen Augenblicken die Tabelle ausgefüllt.

A	B	C	D	E	F	G	H	I	J	K	L	M	N	O	P	Q	R	S	T	U	V	W	X	Y	Z
Y	Z	A	B	C	D	E	F	G	H	I	J	K	L	M	N	O	P	Q	R	S	T	U	V	W	X

»Jetzt nenne ich dir der Reihe nach die Buchstaben aus dieser Schülerakte.« Trudy begann zu diktieren: »K …«

»K wäre im normalen Alphabet also ein M«, Marlene notierte das M.

»S …«

»S …? S ist eigentlich ein U.« Es machte Marlene Spaß, das Rätsel der geheimen Schulakte zu lösen, das sah man schon allein an der Röte, die in ihre Wangen kroch.

»Und am Ende noch das G, welches also ein I wäre«, las Trudy vor.

»Murali«, entzifferte Marlene die Buchstabenfolge. »Murali?«, sagte sie dann noch einmal, aber viel, viel leiser. Es klang geradezu, als hätte sie eine Schatzkarte entdeckt und wäre nicht bereit, sie mit irgendjemandem außer Trudy zu teilen.

»Worauf wartest du denn noch, Marlene?«, rief Trudy ungeduldig und tippte selbst den Namen in die Suchmaske ein. Es dauerte eine Weile, dann aber blätterte sich ein Dokument auf, das mit einem Foto des Mannes begann, den sie vor wenigen Tagen unten in der Eingangshalle gesehen hatten.

»Wenn das mal nicht Jasmins Vater ist«, sagte Trudy triumphierend.

Und ob es Jasmins Vater war! Gespannt lasen sie, was der Rechner über Herrn Murali wusste. Doch viele Informationen erhielten sie nicht.

Geheimermittler
Spezialgebiet: Kunstraub und historische Kulturschätze
Einsatzorte: international mit Standort Indien
Decknamen: Purple, Violet, Sun
Familie: verwitwet, eine 11-jährige Tochter

»Ja aber …«, flüsterte Marlene ungefähr zum vierundzwanzigsten Mal.

»Darauf hätten wir auch eher kommen können«, schimpfte Trudy mit sich selbst. »Die Prinzessin hat genauso wenig blaues Blut wie du oder ich. Und jetzt finden wir noch heraus, wie Jasmin wirklich heißt.«

»Das herauszubekommen, ist ja jetzt ein Kinderspiel.« Marlene sprang auf und schnappte sich den Bücherwurm mit Jasmins Schülerakte. Sie notierte JGJY, HYQKGL und übersetzte dann die Buchstaben in den Geheimcode.

»Lila, sie heißt Lila. Lila Jasmin Murali«, wisperte Marlene aufgeregt.

Lange hing der Name knisternd in der Luft.

»Lila«, flüsterte Trudy. »Ich möchte zu gern wissen, an welchem geheimen Fall der feine Herr Murali gerade dran ist, wenn er sogar seine Tochter mitnimmt und solange hier bei uns in der Academy parkt.«

»Parkt«, kicherte Marlene. Dann blickte sie Trudy erschrocken an. »Jasmin, äh, Lila ist wirklich undercover hier, oder?«

Trudy nickte heftig. Dann flüsterte sie: »Und das bedeutet auch, dass Isolde Korn ihr tatsächlich Personenschutz geben soll.« Es kribbelte und kitzelte plötzlich wie verrückt in Trudys Nasenspitze. Wenn das mal nicht sehr verdächtig nach einem Abenteuer klang. »Weißt du was, Marlene? Mich würde nun wirklich brennend interessieren, in welchem Fall Jasmins Vater gerade undercover ermittelt.«

»Du meinst Lilas Vater«, verbesserte Marlene sie augenzwinkernd.

Trudy grinste. »Ja, Lilas Vater. Wie sie das nur schafft, sich so schnell und einfach an ihren zweiten Namen zu gewöhnen?«

Sosehr sie an diesem Abend auch bis tief in die Nacht hinein in den Dateien auf dem alten Laptop stöberten, sie fanden keine weiteren Informationen über Jasmins Vater oder über die Familie Murali. Nur eines war ihnen klar: Herr Murali hatte seine Tochter mit Sicherheit nicht um die halbe Welt mitreisen lassen, weil er in einem unbedeutenden Kriminalfall zu ermitteln hatte. Nein, er hatte vermutlich einen dicken Fisch an der Angel.

»Ich würde ja wirklich zu gern wissen, was das für ein Kriminalfall sein mag«, meinte Trudy noch, als sie schon in den Geheimgang durch Marlenes Kleiderschrank gehuscht war.

Marlene gähnte und konnte kaum noch ihre Augen offen halten, während sie hochflüsterte: »Wir werden es herausfinden, Trudy. Wir haben doch unsere eigenen Methoden und du hast zum Glück eine ganze Schublade voller Spionageutensilien.«

Trudy aber ließ das Rätsel um Jasmin und Herrn Murali nicht zur Ruhe kommen. Schlaflos wanderte sie im Zimmer auf und ab, horchte dann und wann an der Tür und hockte stundenlang am Fenster. Sie beobachtete fasziniert, wie dichter Nebel aus dem Moor aufstieg und im Mondlicht silbern schimmerte. Wie der Atem der im Tiefschlaf schlummernden Erde.

Eine Verabredung und andere Katastrophen

»Trudy, Trudy!« Marlene rüttelte und zerrte am nächsten Morgen an ihrer leise schnarchenden Freundin. »Trudy, nun wach schon auf.«

Trudy schreckte hoch und schielte mit einem Auge auf ihren Wecker. »Mensch, Marlene. Ich bin gerade erst eingeschlafen. Wieso weckst du mich denn so früh?« Sie ließ sich zurück ins Kissen fallen und murmelte: »Noch ein paar Minuten, ja?«

»Gut, wie du meinst«, sagte Marlene eingeschnappt und stand auf. »Dann geh ich eben allein und sehe mir den Herrn Murali mal genauer an.«

»Wa-a-as?«, rief Trudy und war schlagartig hellwach. »Herr Murali ist im Haus?«, fragte sie und hüpfte geschäftig durch ihr Zimmer. Während sie in die Schuluniform sprang, ließ sie Marlene vor lauter Fragen gar nicht zu Wort kommen. »Seit wann ist er da? Hast du gesehen, wann er angekommen ist? Was er wohl hier will? Ob er seinen Fall schon gelöst hat und Jasmin nun abholt?«

»Wie gesagt: Ich gehe mir den Herrn Murali mal genauer ansehen«, antwortete Marlene ungeduldig.

Trudy vergeudete keine Zeit damit, sich die Haare zu kämmen. Ihrer Meinung nach machte das sowieso keinen Unterschied. Sie huschte hinaus auf den Flur und presste ihr Ohr an Jasmins Zimmertür.

»Äh-äh«, machte Marlene und schüttelte den Kopf. »Sie sind in Isolde Korns Büro. Seit einer Stunde.«

»Wie bitte? Und du weckst mich erst jetzt?«, raunte Trudy entsetzt und stürmte den Flur entlang.

»Was kann ich dafür, dass du tiefer schläfst als ein Igel im Winterschlaf?«, blaffte Marlene zurück, während sie neben Trudy hereilte.

Sie postierten sich im Erdgeschoss vor Victors Büro. Von hier aus hatte man einen prima Blick die große Freitreppe hinauf, direkt auf die Tür zu Isolde Korns Büro. Selbstverständlich wollten sie nicht zu Victor, und sie wussten sowieso, dass er um diese Zeit im ersten Stockwerk die Zubereitung des Frühstücks bewachte und nicht in seinem Büro war. Aber falls jemand sie fragen sollte, warum sie so früh am Morgen durch die Gänge schlichen, konnten sie behaupten, sie wollten Victor um ein neues Glas Geheimtinte bitten.

Doch ihre Geduld wurde auf eine harte Probe gestellt.

»Du bist dir wirklich sicher, dass er dort oben in Isolde Korns Büro ist?«, fragte Trudy immerzu.

»Die goldene Regel der Observation: Habe Geduld!«, zitierte Marlene ihren Observationslehrer Herrn Burner.

Dann blickte sie schmunzelnd auf ihre Armbanduhr. »Außerdem ist es siebzehn Minuten vor acht. Was bedeutet, dass Isolde Korn nicht mehr viel Zeit hat, ihren Schützling zum Frühstück zu begleiten.«

»Wenn Herr Murali das heute nicht selber macht«, gab Trudy zu bedenken.

»Ähäm«, machte Victor plötzlich hinter ihnen. Er stand in seiner Bürotür und sah sie fragend an. »Kann ich euch helfen?«

»Victor? Sie sind da? Ich dachte, Sie …«, stotterte Trudy verdutzt und sagte dann besser gar nichts mehr, bevor sie sich noch um Kopf und Kragen redete.

»Was Trudy sagen möchte, ist, dass wir absolut keine Ahnung hatten, dass Sie vielleicht heute Morgen, anders als an jedem anderen Morgen …« Auch Marlene rang nach einer Ausrede.

Oben öffnete sich die Bürotür der Schulleiterin. Isolde Korn und Jasmins Vater kamen leise flüsternd heraus. Vergessen war die Ausrede, vergessen war Victor. Trudy und Marlene gingen ihnen ein paar Schritte entgegen, als Victor streng und viel zu laut fragte: »Wollt ihr jetzt zu mir oder nicht?«

Frau Korn und Herr Murali sahen erschrocken zu ihnen herab.

Als hätten wir sie bei irgendwas erwischt, dachte Trudy. Dann nickten die zwei sich stumm zu und gingen in verschiedene Richtungen davon. Isolde Korn eilte den Flur Richtung Westturm entlang. Trudy hätte ihre schwarzen Bindfäden-Haare darauf verwetten können, dass Isolde Korn schnurstracks zu Jasmin eilte, um sie zum Frühstück zu begleiten. Herr Murali aber setzte seine Sonnenbrille auf, sprang in großen Sätzen die Freitreppe hinab und stürmte quer durch die Eingangshalle nach draußen, wo er schon nach wenigen Schritten von der dichten Nebelsuppe verschluckt wurde.

Sicher wartete der Chauffeur auf ihn, schoss es Trudy durch den Kopf, als sie ihm verblüfft nachsah.

»Wer war denn das?«, fragte Marlene neugierig.

»Vielleicht der Schulminister, der besonders neugierige Schüler für ihre Frechheiten zum Arbeitseinsatz im Ministerium für die Sommerferien einbestellt.«

Den Bruchteil einer Sekunde sahen Marlene und Trudy sich entsetzt an. Dann dämmerte ihnen, dass Victor sie nur einschüchtern wollte.

»Hey, wo wollt ihr denn hin? Ihr habt mir noch gar nicht gesagt, was ihr hier zu suchen habt …«, rief Victor ihnen hinterher. Gut. Es war nicht wirklich gerufen. So etwas würde Victor nie tun. Nicht einmal, wenn er sich richtig ärgerte. Weder brüllte er, noch rief er jemals jemandem laut hinterher. Auch jetzt sprach Victor würdevoll wie immer. Deshalb konnten Trudy und Marlene ja auch unbemerkt das Feld räumen.

Als sie eine gute halbe Stunde später die Kellertreppe hinabstiegen, diskutierten sie noch immer über Herrn Muralis Besuch.

»Wenn du mich fragst, Marlene, da ist was oberfaul. Der hat ja noch nicht einmal seine Tochter besucht«, raunte Trudy leise und sah sich nach allen Seiten um, um sicherzugehen, dass ihnen nicht wieder jemand überraschenderweise zuhörte.

»Was immer er auch hier wollte, der Besuch war nicht geplant und obendrein noch streng geheim«, flüsterte Marlene zurück.

Dann hielt sie sich auf einmal lachend die Hand vor den Mund. »Und dann diese alberne Sonnenbrille. Bei der Nebelsuppe dort draußen.«

Das Kichern verging ihnen schlagartig, als sie den Klassenraum betraten.

Die Geheimtür zum Paternoster, der hinauf in Isolde Korns Büro führte, stand sperrangelweit offen und Frau Korn wartete wie ein Zinnsoldat neben dem Lehrerpult.

Jasmins Platz war noch leer.

Trudy und Marlene tauschten besorgte Blicke.

Als alle Schüler an ihren Pulten saßen und auch Herr Lambus eingetroffen war, begann Isolde Korn zu sprechen.

Ihre Stimme klang seltsam kühl. »Eine derartige Dreistigkeit hat sich an dieser Academy noch nicht zugetragen«, sagte sie und sah ernst in die Runde.

Ein leises Raunen erklang, wurde aber durch eine eilige Handbewegung der Schulleiterin im Keim erstickt. Trudy rutschte unruhig auf ihrem Platz hin und her und machte sich Sorgen, dass Marlenes sauerkirschrote Wangen sie verraten könnten.

Herr Lambus hörte auf, in seiner Tasche zu kramen, und sah Isolde Korn mit hochgezogenen Augenbrauen, die in den tiefen Stirnfalten beinahe komplett verschwanden, an.

»Wer auch immer das getan hat, ich werde ihm nicht die Freude machen, diese Schandtat hier öffentlich zu präsentieren und huldigen. Aber seid euch gewiss: Ich werde den Schuldigen ausfindig machen. Ja, das werde ich. Und ich werde mir gut überlegen müssen, welche Konsequenzen auf dieses inakzeptable und regelbrechende Verhalten folgen werden.«

Trudy schluckte und warf Marlene erneut einen besorgten Blick zu. Hoffentlich fand Frau Korn nie heraus, dass sie hinter dem Einbruch ins Schulleiterbüro steckten. Denn dass Isolde Korn davon sprach, daran hatten sie keinen Zweifel.

Frau Korn flüsterte Herrn Lambus leise zischend etwas zu, dann verschwand sie mit finsterer Miene hinter der Geheimtür zum Aufzug. Doch plötzlich guckte sie noch einmal um die Ecke und sagte warnend: »Ich weiß, das war einer von euch, und ich werde ihn oder sie kriegen. Irgendwann.«

Dann verriet ihnen das laute Brummen des Paternosters, dass sie dieses Mal tatsächlich gegangen war.

Herr Lambus sah ihr noch verwirrt hinterher, als das Dröhnen im Mauerwerk erstarb, nur um Sekunden später wieder loszulegen.

Isolde Korn kam zurück. Aber sie kam nicht allein. Sie brachte Jasmin mit und zur allgemeinen Verwunderung trug diese ihre Katze Samira auf dem Arm.

Herr Lambus lächelte Jasmin freundlich an, nickte

der Schulleiterin kurz zu und diese zog sich nun endgültig in ihr Büro zwei Stockwerke höher zurück.

»Wie ich euch kürzlich erzählte: Eine der ältesten Geheimsprachen der Welt ist die Sprache der …«, begann Herr Lambus dreimal. Aber an Unterricht war nicht zu denken.

Samira wanderte auf Samtpfoten durch den Klassenraum.

»Hey, warum darf die ihre Katze mitbringen? Sogar in den Unterricht? Mein Hund ist den ganzen Tag in der Hundeschule eingesperrt«, protestierte Evie lautstark. Einige Schüler trommelten Beifall bekundend auf die Tischplatte.

Nur Violetta nicht. Die hockte nämlich auf dem Boden und streichelte Samiras Fell, das im Laternenlicht samten glänzte.

»Sind diese Edelsteine am Halsband etwa echt?«, fragte sie gerade und bestaunte die hell funkelnden Juwelen.

»Ja, ich glaube schon«, antwortete Jasmin schüchtern. Und weil Herr Lambus sich die ganze Zeit genervt räusperte, rief sie Samira leise zu sich.

Samira gehorchte aufs Wort und kauerte sich zu Jasmins Füßen unter deren Schreibpult.

Die Unterrichtsstunde bei Herrn Lambus verging

wie im Flug. Das lag daran, dass Herr Lambus selbst so begeistert von den Geheimsprachen war. Sein Unterricht klang immer wie eine Abenteuergeschichte.

Die zweite Stunde hatten sie bei Frau Olivetti Unterricht in Geheimtinten. Doch als diese die Katze sah, weigerte sie sich stur, den Klassenraum zu betreten. Erst nachdem Frau Korn ihr leise etwas erklärt hatte, war Frau Olivetti bereit, aber dennoch »unter Protest, Frau Korn, unter schärfstem Protest«, mit dem Unterricht zu beginnen.

Mittags gab es zu Trudys Ärger Dicke-Bohnen-Suppe. Für einen kurzen Moment schoss ihr beim Anblick der Suppe durch den Kopf, dass Frau Korn sie längst im Verdacht hatte, für den Einbruch in ihr Büro verantwortlich zu sein. Vielleicht hatte sie beschlossen, sie mit sechseinhalb Jahren Dicke-Bohnen-Suppe zu bestrafen. Sechseinhalb Jahre würde Trudy noch auf die Sherlock-Holmes-Academy gehen, wenn alles gut ging und sie nicht sogar einen Schulverweis bekommen würde.

Am Nachmittag sank Trudys Laune dann auf ein Rekordtief. Und dabei hatte es so gut begonnen. Sie und Marlene hatten gerade ihre Hausaufgaben von Herrn Lambus abzeichnen lassen. Wenn Herr Lambus

Hausaufgabenbetreuung hatte, dann durfte man sich sogar leise unterhalten. »Kommunikation fördert nur das Miteinander«, behauptete er immer und plauderte kräftig mit.

Der Weg vom Studierzimmer hinauf in den Wohntrakt war jeden Tag wie ein Sturmlauf in die Freiheit. Jedenfalls für Trudy.

An guten Tagen benötigte sie genau 27 Sekunden für die Strecke durch den langen Flur, ins Treppenhaus, die Stufen bis in den Westturm hinauf und für den Endspurt in ihr Zimmer. Natürlich gab es auch Tage, an denen es länger dauerte. Wenn Victor ihr zum Beispiel unverhofft entgegenkam. Dann musste sie abbremsen, wenn sie nicht eine Holmes-Münze fürs Rennen auf den Fluren verlieren wollte.

Doch heute war alles glatt gelaufen. Sie warf die Zimmertür hinter sich zu und sprang aus der Schuluniform, als stünde diese in Flammen. Keine Sekunde länger als nötig würde sie in diesem kratzenden Karorock herumrennen. Und schon mal gar nicht, wenn sie eine Verabredung hatte. Nie und nimmer. Unvorstellbar, zumal die Verabredung Oscar hieß.

»Bist du fertig?«, raunte Marlene wenige Minuten später und stand fertig angezogen im Geheimgang.

Als sie auf ihren Fahrrädern saßen und Richtung Cranesbill fuhren, dachte Trudy glücklich, dass ihre miese Laune jetzt genauso wie der Nebel im Wollmoor versickerte.

Und dennoch. Selten hatte Trudys Spürnase einen schlechteren Riecher gehabt.

Das andere Violett

Der Weg nach Cranesbill führte sie vorbei an den dreizehn Birken. Marlene und Trudy zwinkerten sich kurz zu. Nie würden sie ihren ersten Fall hier draußen im Wollmoor vergessen. Und überhaupt hatten sie es ja auch irgendwie den dreizehn Birken zu verdanken, dass sie Freunde in der I.O.S. gefunden hatten. Zuerst hatte es aber überhaupt nicht so ausgesehen, als ob Oscar und Joseph, den alle nur Joe riefen, jemals ihre Freunde werden könnten. Und das lag nicht daran, dass ihnen immer und immer wieder eingebläut wurde, dass es eine Freundschaft zwischen den beiden Schulen nicht geben konnte. Es hatte vielmehr daran gelegen, dass die Jungs ihnen nachspionierten und sich kein bisschen wie Freunde verhalten hatten. Aber nun, nachdem sie alle vier im Orden der Schwarzen Eule Nachwuchsmitglieder geworden waren, spätestens seit diesem Tag waren sie Freunde.

Als sie die ersten Häuser von Cranesbill passierten, meinte Marlene, sie könnten vielleicht später kurz ihre Eltern besuchen, die hier im Ort lebten. Trudy aber hatte es eilig. Sie konnte es kaum abwarten, in den Antiquitätenhandel von Herrn Martins zu kommen. Oscar und sie hatten sich dort verabredet. Die beiden Mädchen lehnten ihre Fahrräder an die Mauer, an der sich Efeu entlangschlängelte.

Oscar und Joe kamen zur Tür geeilt und spähten hinaus, als sie Schritte auf dem Hof hörten.

»Da sind wir!«, rief Marlene und winkte.

»Ja, da seid ihr«, antwortete Joe und blickte an Trudy und Marlene vorbei, als wären sie Luft.

»Habt ihr denn eure neue indische Freundin gar nicht mitgebracht?«, fragte Oscar enttäuscht und suchte den Hof mit den Augen ab, als könne er es gar nicht glauben, dass die Mädchen allein hergekommen waren.

»Wie bitte?« Trudy schnappte nach Luft. Das konnte ja wohl nicht wahr sein. Sie schubste Joe aus dem Weg und warf Oscar einen bitterbösen Blick zu. Dann stapfte sie quer durch den Antiquitätenladen zu Herrn Martins.

»Pöh«, machte sie und lehnte sich an seinen Verkaufstisch.

»Hallo, Trudy!« Wenigstens Herr Martins schien sich zu freuen, sie zu sehen. »Na? Geht es dir gut?«

»Mal abgesehen davon, dass Ihr Neffe heute ein paar lose Latten am Bretterzaun hat? Ja, danke, ausgezeichnet«, antwortete sie und blickte Herrn Martins grimmig an.

Zu Trudys maßlosem Ärger legte dieser seinen Kopf in den Nacken und brüllte los vor Lachen. Waren denn jetzt alle verrückt geworden?, dachte Trudy und sah sich nach Marlene um. Diese stand mit in den Hüften aufgestützten Armen vor Joe und hielt ihm gerade eine ordentliche Standpauke. Alle Achtung, dachte Trudy. Das hätte sie Marlene gar nicht zugetraut.

Herr Martins saß über Kataloge gebeugt und schien etwas zu suchen. Er blätterte mal hier, mal dort, tippte ein paar Dinge in den Computer ein und kratzte sich nachdenklich hinter dem Ohr.

»Suchen Sie etwas, Herr Martins?«, fragte Trudy und beugte sich neugierig über den Verkaufstisch.

»Ja, Trudy, in der Tat. Ich suche etwas.« Herr Martins nickte und sah Trudy dann geheimnisvoll an. »Ich hatte Besuch heute Morgen. Am frühen Morgen«, erzählte er leise wispernd, denn außer Oscar, Joe und Marlene waren auch noch zwei Kunden im Laden. Ein älterer Herr mit kariertem Sakko und Schlappmütze ließ sich von seinem Begleiter, einem Mann in einem schwarzen Nadelstreifenanzug, die ausgestellten antiken Möbel und Kunstgegenstände erklären. Nun, Trudy war sich nicht sicher, ob der Mann im Anzug irgendetwas erklärte, aber er redete flüsternd auf seinen Begleiter ein.

»Ach, um die musst du dich nicht kümmern«, meinte Herr Martins, als er Trudys Blick folgte. »Die waren heute schon dreimal hier. Können sich nicht entscheiden, sagen sie. Kein Wunder, wenn du mich fragst. Der feine Herr hat in etwa so viel Sachverstand von alten schottischen Möbeln wie ich vom Häkeln oder Stricken.«

»Und wer war Ihr Besucher heute Morgen?«, fragte Trudy und sah im Augenwinkel, dass die beiden fremden Männer sie zu beobachten schienen. Neugierig waren sie also auch noch. »Wer hat Sie heute Morgen besucht?«, flüsterte sie deshalb zur Vorsicht wieder.

»Ach, da war so ein Inder«, sagte Herr Martins abwesend, denn er las etwas auf seinem Monitor.

»Ein Inder?«, rief Trudy so laut nach hinten, dass auch Marlene es hören konnte. Und wie sie hörte! Logisch. Seit der Ankunft der indischen Prinzessin schrillten bei Trudy und Marlene die Alarmglocken bei dem Wort Inder. Sie beendete augenblicklich ihr Schimpfgewitter und horchte auf. »Wieso nur höre ich den ganzen Tag immerzu Inder?«, rief sie, und weil die beiden Fremden sie mit düsterem Blick musterten, eilte sie durch den Laden zur Verkaufstheke. »Was wollte dieser Inder denn hier?« Marlene stupste Trudy vorsichtig in die Seite. Sie dachten vermutlich beide das Gleiche. Wie viele Inder mochten sich heute Morgen wohl nach Cranesbill im tiefsten Wollmoor verirrt haben?

»Er hat mich gefragt, ob ich ihm eine ... Wartet ...«, Herr Martins kramte unter den Katalogen und Ordnern einen Notizblock hervor, »... eine Schiwa-Skulptur mit dem Namen ›Nataraja‹ besorgen könnte. Dieser Inder erzählte, er habe beruflich hier zu tun und habe ein altes Herrenhaus im Moor gekauft. Nun fehle ihm aber diese Hindu-Gottheit, die er auch ›Herr des kosmischen Tanzes‹ nannte. Er meinte, der Preis spiele keine Rolle.«

Oscar und Joe kamen interessiert herüber. »Wow, Onkelchen«, meinte Oscar und pfiff leise. »Das hört sich nach einem dicken Fisch an.«

»Ja und nein«, bestätigte Herr Martins leise und vergewisserte sich, dass die beiden Fremden ihn nicht hören konnten. »Diese Schiwa-Skulpturen gibt es nur als Kopien. Es sind Heiligtümer und man findet sie im südlichen Indien, aber auch in Sri Lanka in nahezu jeder vom hinduistischen Glauben geprägten Ortschaft. Oftmals sind es kostbare Bronzefiguren. Seht mal ...«

Herr Martins schob ihnen einen offenen Katalog

entgegen. Die Abbildung zeigte einen vierarmigen Tänzer, umgeben von einem Flammenkreis.

Joe tippte auf den Preis. »Warum bestellt er sie nicht einfach selbst?«

»Weil er keine billige Kopie will«, erklärte Herr Martins, und so langsam dämmerte ihnen, was er damit andeuten wollte.

»Du bist die längste Zeit mein Onkel gewesen, wenn du jetzt anfängst, krumme Geschäfte zu machen«, drohte Oscar ihm zur Vorsicht.

»Oscar!« Herr Martins war empört. »Wie kannst du so was nur denken! Das habe ich dem Inder natürlich auch so gesagt. Aber ich versprach ihm, dass ich mich umhören werde, ob es einen legalen Weg gibt, an solch eine … eine tanzende Gottheit zu gelangen.«

»Also ich wüsste ja, wen wir fragen könnten«, meinte Joe plötzlich und strahlte Oscar an. Ein oder zwei Herzschläge lang schien Oscar der Gedanke zu gefallen.

Doch dann winkte er ab. »Vergiss es. Die haben ja noch nicht einmal meinen Brief an die indische Prinzessin weitergeleitet. Was denken die denn nur in der Sherlock-Holmes-Academy? Dass ich ihr eine Briefbombe schicke?«

Was zu viel war, war zu viel. Trudy raste vor Wut

und schrie mit knallrotem Gesicht Oscar und Joe an: »Wenn ihr es genau wissen wollt: Die Prinzessin ist kein bisschen blaublütig. Sie ist die Tochter eines Undercoverermittlers … Aua. Lass das, Marlene!«, brüllte sie zwischendurch ihre beste Freundin an, die ihr kräftig in den Arm kniff. »Und vielleicht hast du ja nur ihren falschen Namen benutzt. Versuch's doch mal mit dem anderen Violett«, trumpfte Trudy auf.

Dann stampfte sie so würdevoll wie möglich aus dem Antiquitätenladen.

Gasthaus im Moor

»Trudy, nun warte doch bitte! Truhu-dy!« Marlene stand in der Scheunentür zum Antiquitätenladen und rief aus vollem Hals. Aber Trudy wollte mit niemandem sprechen. Nicht einmal mit ihrer besten Freundin. Sie schloss mit zitternden Fingern das Fahrradschloss auf und sauste davon. Sie fuhr, so schnell sie konnte. Raus aus Cranesbill, ins Wollmoor hinein. Irgendwann bemerkte sie, dass sie in Tante Ritas Richtung radelte. Tante Rita. Genau. Sie würde Tante Rita besuchen.

Die Dämmerung kroch von Westen her über die Moorwiesen ins Land und mit ihr eine klamme Kälte. Eisiger Wind brannte in Trudys Augen und trieb ihr ein paar Tränen übers Gesicht.

Schon von Weitem sah sie, dass Tante Ritas Mini nicht vor dem Moosbeerhaus stand, und kein einziges Licht im Haus verriet, dass sie zu Hause war.

So ein Pech!, dachte Trudy enttäuscht und radelte immer tiefer ins Wollmoor. Längst war es so dunkel geworden, dass sie ihr Licht hätte einschalten müssen, aber es kümmerte sie nicht. Und da ihr auf dem ganzen Weg bislang niemand begegnet war, hielt sie es auch nicht für nötig.

Die Schotterstraße mündete irgendwann in eine Kreuzung und Trudy musste sich zwischen zwei Schildern entscheiden. Links führte der Weg zur Sherlock-Holmes-Academy, rechts zum »Kupfertopf«.

Seit ihrer Flucht aus Herrn Martins Antiquitätenladen hatte sie nicht angehalten. Nun aber blieb sie stehen und warf einen Blick nach links zur Sherlock-Holmes-Academy. Zum ersten Mal, seit sie dort oben in den Westturm eingezogen war, fühlte sie sich einsam. In vielen Zimmern brannte schon Licht, und Trudy nahm an, dass Marlene bereits ungeduldig auf sie wartete. Trotzdem fuhr sie lieber nach rechts. Der »Kupfertopf« war jetzt genau der richtige Ort, um nachzudenken. Sie war einmal mit Tante Rita dort gewesen. An einem trüben Nachmittag im November. Der »Kupfertopf« war ein Gasthaus im Moor mit einem kleinen Restaurant. Trudy erinnerte sich noch genau an den gemütlichen Nachmittag, den sie dort zusammen mit ihrer Tante verbracht hatte. In der Mitte des Gastraums standen schwere Sessel vor dem Kamin, und wenn man es so bestellte, dann bekam man eine runde, geschlossene Metallpfanne mit ein wenig Teig in der Mitte, die man ins knisternde Herdfeuer hielt. War der dünne Pfannkuchen fertig gebacken, fing es in der Pfanne an zu piepen.

Der »Kupfertopf« war eigentlich ein altes Landcottage und gehörte einem älteren Ehepaar namens Elliot. Vor dem Gasthof gab es Hühner, Gänse, Ziegen und ein paar Shetlandponys, die im Sommer vor eine alte Kutsche gespannt wurden, um mit den Gästen Ausflüge ins Moor zu unternehmen.

Mit jedem Meter, den Trudy dem »Kupfertopf« näher kam, verflog die Wut in ihrem Bauch. Es brannte ein warmes Licht im Gasthaus und Trudy lehnte ihr Fahrrad an der Hauswand an. Schon durchs Fenster sah sie den alten Herrn Elliot am Kamin sitzen.

Die schwere Eichentür quietschte laut, als Trudy sich dagegenstemmte, um sie zu öffnen. Schuldbewusst schloss sie die Tür schnell wieder, denn sie merkte selbst, dass sie einen eisigen Luftzug mit hineinbrachte.

Als sie ihre Mütze vom Kopf gezogen und ihre schwarzen Haare aus dem Gesicht geschüttelt hatte, rief Herr Elliot freudig: »Wenn das mal nicht unsere neue Nachbarin Trudy Taff ist!« Er streckte ihr beide Hände entgegen.

Trudy ging gleich hinüber zum Herdfeuer, zog die Handschuhe aus und gab Herrn Elliot die Hand zur Begrüßung.

»Donnerwetter, du bist ja ein Eiszapfen.« Herr Elliot sah erstaunt auf Trudys Hände. »Wie lange bist du denn draußen unterwegs gewesen?«

»Zu lange, schätze ich«, antwortete Trudy, schlüpfte aus dem Mantel und setzte sich in einen der samtbezogenen Sessel direkt ans Herdfeuer.

»Martha?«, rief Herr Elliot in Richtung Küche. »Martha, sieh mal, wir haben Besuch!«

Seine Frau kam ebenfalls freudig herangestürmt und löcherte Trudy sogleich mit Fragen, besonders über Tante Rita. Doch bevor Trudy auch nur eine einzige beantworten konnte, hörten sie einen Wagen vorfahren und Autotüren laut zuschlagen. Männerstimmen unterhielten sich leise diskutierend vor dem Haus.

»Oh weh, da sind sie wieder«, stöhnte Frau Elliot und richtete sich kerzengerade auf.

Trudy überlegte einen Wimpernschlag lang, ob Frau Elliot hohen Besuch erwartete, als sich die Tür zur Gaststube auch schon öffnete. Natürlich bildete sie es sich nur ein, aber Trudy hätte schwören können, dass es schlagartig draußen noch kälter geworden war. Wie mit weißen, gespenstigen Fingern kam die eisige Luft hereingekrochen und schlang sich um ihre Beine.

Dann erkannte sie die beiden Männer und kauerte sich tief in ihren Sessel, sodass sie sie hinter der hohen

Rückenlehne nicht sehen konnten. Wo kamen die denn jetzt her? Es waren die beiden Möbelinteressenten aus Herrn Martins Antiquitätenladen. Obwohl sie Herrn und Frau Elliot längst am Kamin gesehen hatten, bauten sie sich ungeduldig vor der Theke auf und klopften hämmernd auf die kleine Klingel, die dort stand.

»Ich komme ja schon!«, schimpfte Frau Elliot leise vor sich hin.

»Das dauert immer«, maulte der feine Herr in seinem Nadelstreifenanzug überhaupt nicht vornehm und wies auf seinen Begleiter, den Mann im karierten Sakko und der Schlappmütze. »Wir reisen heute noch ab. Bitte machen Sie die Rechnung fertig und rufen uns, wenn Sie so weit sind.«

»Heute noch?«, rief Herr Elliot quer durch die Stube. »Ob das eine gute Idee ist? Ich dachte, Sie kommen von hier. Es zieht ein dichter Nebel auf. Das ist in dieser Gegend kein Spaß. Wollen Sie nicht lieber bis morgen Früh warten?«

»Das lassen Sie mal getrost unsere Sorge sein«, blaffte der ältere Herr zurück und Trudy schüttelte sich beim Klang seiner Stimme. Welch ein unfreundlicher Mensch!

Die beiden Fremden waren schon auf dem Weg die Treppe hinauf in ihre Zimmer, als ihnen offenbar etwas einfiel. Sie raunten leise und dann kam der jüngere Mann zurück. »Ob es hier eine Garage für uns gibt? Oder eine Scheune? Wir müssten den Wagen so lange unterstellen, denn wir transportieren … äh … empfindliches Kulturgut.«

»Sicher«, brummte Frau Elliot zurück. »Die Scheunentür ist offen. Fahren Sie nur hinein.«

Der Mann verließ das Gasthaus und lenkte den Wagen mit aufheulendem Motor in die Scheune. Dann stürmte er nur Sekunden später hinter seinem Bekannten her in sein Zimmer.

»Donnerwetter«, meinte Herr Elliot verblüfft. »Die scheinen es aber sehr eilig zu haben. Und was mag das für empfindliches Kulturgut sein? Hoffentlich haben die nichts ausgefressen.«

Trudy kicherte. »Nein, Herr Martins hat gesagt, dass sie ihn heute dreimal besucht haben. Zeit, um etwas auszufressen, hatten die beiden eher nicht. Sicher haben sie sich endlich entschieden.«

»Wenn du mich fragst, dann müssen die den Wagen verstecken, weil sie zu schnell gefahren sind oder so. Ich jedenfalls bin froh, wenn sie endlich weg sind.« Frau Elliot kam zurück und lächelte Trudy fragend an. »Wie wär's nun mit einer Tasse heißem Tee?«

»Prima, ausge…« Ausgezeichnet hatte Trudy sagen wollen, doch es ging im Klingeln ihres Handys unter.

»Marlene« stand auf dem Display und sie drückte den Anruf weg. Sekunden später klingelte es erneut.

»Marlene, was ist denn?«, fragte Trudy genervt ins Telefon.

»Trudy?«, flüsterte Marlene am anderen Ende und ihre Stimme klang ziemlich gedämpft, sodass Trudy annahm, sie würde unter der Bettdecke telefonieren. »Trudy, komm schnell. Wo steckst du überhaupt?«

»Alles okay, Marlene, es geht mir gut. Ich …«, begann Trudy sie zu beruhigen, aber Marlene unterbrach sie ungeduldig.

»Mensch, Trudy, Jasmin ist verschwunden und Isolde Korn lag gefesselt in ihrem Büro …«

Mehr hörte Trudy nicht mehr. Es begann laut in ihren Ohren zu rauschen und ihr Herz veranstaltete einen regelrechten Trommelwirbel. Sie schnappte ihren Mantel und stürmte davon, als wäre sie auf der Flucht.

»Ja, aber dein Tee!«, rief Frau Elliot ihr nach, doch Trudy huschte nur winkend durch die Tür.

Samiras Geheimnis

Die kalte Luft rasselte beißend in Trudys Lungen, als sie wie eine Wahnsinnige Richtung Sherlock-Holmes-Academy radelte. Schon aus weiter Ferne sah sie das Blaulicht der Polizeiwagen hastig flackernd auf dem Gemäuer des alten Landschlosses widerscheinen. Trudy warf ihr Fahrrad hinter der Academy achtlos ins Gebüsch und raste über den heiligen Rasen Richtung Hauptportal.

»Na endlich, Trudy!«, rief Marlene ihr entgegen und winkte, sodass Trudy sie in der Menschenmenge finden konnte. »Hier sind wir!«

»Wir?«, flüsterte Trudy verdutzt, und dann sah sie auch schon, wen Marlene meinte. Oscar und Joe standen bei Marlene und beobachteten die Polizisten, die eifrig hin und her liefen.

Wie kann man nur so scheinheilig tun?, dachte Trudy grimmig.

Dann aber entdeckte sie Herrn Murali. Er stand auf dem Treppenabsatz vor dem Haupthaus und diskutierte heftig mit dem Einsatzleiter der Kriminalpolizei. Auf dem Arm hielt er Samira, Jasmins Katze.

Es war wie eine Erleuchtung. Oder wie ein Blitzlichtgewitter, das plötzlich durch Trudys Kopf schoss. Auf einmal kannte sie des Rätsels Lösung. Sie stürmte los.

»Trudy!«, brüllte Marlene. »Die lassen uns da nicht hinein.«

Das war Trudy schnuppe, denn sie wollte nur eins: Samira. Immer zwei Stufen auf einmal nehmend, sprang sie die Treppe zu Herrn Murali hinauf und sagte: »Es ist alles meine Schuld, fürchte ich. Aber ich hatte ja keine Ahnung. Ich glaub, ich weiß, wo Ihre Tochter steckt.« Trudy kramte nach ihrem Handy und blätterte in ihrem Telefonbuch nach der Nummer der Elliots. Die kostbaren Sekunden verstrichen und glichen kleinen Ewigkeiten.

»Ja, Frau Elliot. Trudy Taff hier. Sagen Sie mir bitte, ob die beiden Männer schon abgefahren sind.«

»Ja, Trudy. Das heißt, sie haben gerade bezahlt und gehen in diesem Augenblick in die Scheune.«

Trudy legte auf und sah Herrn Murali bedauernd und zerknirscht zugleich an.

»Ich bin mir sehr sicher, dass ich die beiden Männer heute getroffen habe, die vermutlich in dieser Minute mit Ihrer Tochter flüchten.«

»Was sagst du da?«, zischte Herr Murali zurück. »Wo sind sie?«

»Sie verlassen gerade den ›Kupfertopf‹, und ich habe keine Ahnung, in welche Richtung sie fahren werden.« Trudy zuckte hilflos mit den Schultern.

»Also schön.« Herr Murali nickte gefasst. »Fangen wir sie ab.«

»Nur nicht«, wehrte Trudy erschrocken ab. »Wenn die einen Polizeiwagen sehen, dann drehen sie noch durch.«

»Da ist was dran, aber ich habe keine andere Wahl. Die haben meine Tochter.« Herr Murali wandte sich gerade dem Einsatzleiter zu, als Trudy ihm Samira aus der Hand riss und loshastete.

»Hey, du! Stehen bleiben!«, brüllte Herr Murali und rannte hinter Trudy her.

Wie von Sinnen raste Trudy zu ihrem Fahrrad und hätte es beinahe erreicht, als sie links und rechts von zwei Armen gepackt wurde.

»Wo willst du hin?« Zu ihrer Verwunderung war es nicht Herr Murali, sondern Oscar und Joe.

»Ich weiß, wo Jasmin steckt. Wir haben nur diese eine Chance. Und haltet mir ihn bitte vom Leib.« Damit deutete sie auf Herrn Murali, der bedrohlich schnell näher kam. Sie nutzte den Moment, in dem Oscar und Joe sich umsahen, und riss sich los.

Mit einer Hand hielt Trudy Samira unter dem Arm,

mit der anderen Hand klammerte sie sich am Fahrradlenker fest, während sie über die Schotterstraße zurück Richtung »Kupfertopf« raste.

»Bitte, lass es nicht zu spät sein!«, winselte sie leise vor sich hin. Sie hatte beinahe die Kreuzung erreicht, als sie auf der gegenüberliegenden Seite ein Paar Scheinwerferlichter zügig näher kommen sah. Mitten auf die Kreuzung platzierte sie ihr Fahrrad und hoffte inständig, dass ihre Eltern es ihr verzeihen würden, wenn es bei diesem Einsatz Schaden nehmen würde.

Dann kauerte sie sich hinter die beiden kniehohen Wegweiser, jene Schilder, die entweder zur Sherlock-Holmes-Academy oder in Richtung »Kupfertopf« deuteten, und suchte mit zitternden und steif gefrorenen Fingern nach dem Verschluss von Samiras Halsband. Die Katze wehrte sich in Trudys Armen und protestierte maunzend. »Pst, kleine Samira. Psst«, flüsterte Trudy ihr beruhigend ins Ohr.

Der Schotter knirschte unter den Reifen des Wagens, der in einem Wahnsinnstempo auf die Kreuzung zugerast kam. Trudy schloss die Augen und wartete auf den Knall. Doch das Einzige, was sie vernahm, war das laute Quietschen der Bremsen. Dann, plötzlich, war alles still. Moorwiesenstill. Der Motor war bei der

Vollbremsung ausgegangen. Eine Autotür wurde geöffnet und Trudy richtete sich ein wenig auf. Sie erkannte den älteren Mann mit der Schlappmütze, der nun ausstieg.

»Was zum Kuckuck …?«, schimpfte er und besah sich Trudys Fahrrad.

»Was ist?«, rief die andere Männerstimme aus dem Wagen. Der jüngere Mann machte keine Anstalten, auszusteigen.

»Ach, nur ein Fahrrad, niemand zu sehen«, antwortete der Ältere und schubste mit dem Fuß das Rad beiseite.

»Und wenn schon. Wir haben für so was keine Zeit!«, brüllte es aus dem Auto ungeduldig nach draußen.

Der Mann im Mantel sah sich noch einmal gründlich in alle Richtungen um, sprang dann aber zurück ins Auto und der Wagen sauste mit aufheulendem Motor davon.

Trudy hockte zufrieden und erleichtert hinter dem Hinweisschild.

Es hatte geklappt wie am Schnürchen. Während die beiden Männer auf die Kreuzung konzentriert gewesen waren, hatte Trudy Samiras Halsband über die Anhängerkupplung gehängt.

Es war ein Kinderspiel gewesen.

Leider waren die hinteren Scheiben am Wagen abgedunkelt, sodass sie nicht hineinsehen konnte. Sie hatte ihre Hände sehr zurückhalten müssen, nicht einfach die Wagentür aufzureißen und Jasmin aus dem Auto zu zerren. Aber erstens reichte dafür die Zeit nicht und zweitens, was noch entscheidender war, wie lange hätte es wohl gedauert, bis die beiden Kerle sie wieder eingefangen hätten? Hier draußen im Moor. Auf einer Schotterstraße, die links und rechts von morastigen Wiesen umgeben war und einer Insel gleich keine Fluchtmöglichkeiten bot.

Als die Rücklichter weit genug entfernt waren, zog Trudy ihr Handy aus der Tasche und wählte Marlenes Nummer.

»Marlene? Gib mir bitte Herrn Murali«, forderte sie ohne Umwege. Sie hörte Marlene über den Kiesweg vor der Academy laufen, dann wurde heftig diskutiert, und kurz darauf schimpfte Herr Murali wütend ins Telefon: »Mädchen, du sagst mir jetzt sofort, wo meine Tochter steckt! Sofort!«

»Das weiß ich nicht. Aber Sie …«

Und während Trudy ihr Fahrrad aufhob und die vor Kälte zitternde Samira unter ihren Mantel schob, erzählte sie Herrn Murali, was sie getan hatte. »Sie können sie nun in aller Ruhe finden und befreien.«

Herr Murali hatte sofort das Telefon wieder an Marlene abgegeben.

»Trudy!«, brüllte diese. »Was ist eigentlich in dich gefahren?«

»Ein Gedankenblitz, Marlene. Nichts weiter«, sagte Trudy geheimnisvoll und stapfte frierend durch die neblige Nacht zurück Richtung Sherlock-Holmes-Academy.

Dort angekommen, sah sie gerade noch, wie Isolde Korn, in eine Decke gehüllt, unter Protest in den Krankenwagen einstieg. Nur ein Polizeiwagen stand noch vor der Academy und die meisten Schüler hatten sich wieder ins Internat verzogen. Nicht so Marlene, Oscar und Joe. Trudy erkannte sie schon von Weitem. Sie liefen vor dem Hauptportal auf und ab, so, wie es sonst nur Tante Rita machte, wenn sie auf Trudy wartete.

»Trudy, na endlich!«, schrie Marlene erleichtert und umarmte ihre beste Freundin glücklich.

»Vorsicht, du erdrückst unsere Samira noch.« Trudy grinste Marlene breit an und deutete auf Jasmins Katze unter ihrem Mantel. Trudy atmete in weißen Wölkchen ein paarmal tief den angehaltenen Atem der letzten Stunde aus. Sie war so froh, wieder zurück an der Sherlock-Holmes-Academy zu sein.

Es war unvorstellbar, Oscar und Joe mit ins Internat zu nehmen. Keinen einzigen Fuß konnten Schüler der I.O.S. dort hineinsetzen, ohne gleich von einer ganzen Horde Internatsschüler der Sherlock-Holmes-Academy vertrieben zu werden. Also verzogen sie sich in den Fahrradschuppen, der direkt hinter der Spürhunde-Schule lag.

»Ich will jetzt endlich wissen, was hier los ist, Trudy!« Marlene trat ungeduldig von einem Bein aufs andere.

Oscar und Joe nickten zustimmend. Trudy sah die beiden aus halb zusammengekniffenen Augen noch immer ein wenig grimmig an. »Ja, danke der freundlichen Nachfrage«, blaffte sie Oscar an, »es geht mir ausgezeichnet.«

»Aber ich hab dich ja gar nicht gefragt«, wehrte dieser erschrocken ab.

War es denn zu fassen? Trudy und Marlene tauschten Blicke, die ungefähr sagten: Jungs stehen manchmal echt auf der Leitung.

»Nun erzähl schon, Trudy!«, drängelte Marlene.

»Was soll ich sagen?« Trudy zuckte mit den Schultern, und weil es so aussah, als würde Marlene jeden Augenblick vor Neugier platzen, begann sie leise flüsternd zu berichten: »Eigentlich war alles Marlenes Schuld …«

»Das war ja klar!«, rief diese entrüstet.

»Warte, Marlene. Es war nämlich an dem Tag, an dem wir Jasmin in ihrem Zimmer besuchten. Marlene sagte damals etwas wie: ›Ich frage mich, warum der eine Edelstein viel größer ist und auch schwarz und nicht hell funkelnd.‹« Trudy zog Samira unter ihrem Mantel hervor und streichelte beruhigend über deren Fell. »Daran hab ich mich erinnert, als ich Herrn Murali heute mit Samira auf dem Arm sah. Weißt du noch, Marlene, wie Herr Murali eines Morgens Isolde Korn besucht hatte? Seit jenem Besuch nahm Jasmin ihre Katze überall mit hin. Das war verdächtig. Höchst verdächtig. Vor allem, wenn man weiß, dass Herr Murali ein Geheimermittler ist. Es musste ein Geheimnis mit diesem Halsband verbunden sein, und dass Frau Korn nach dem Gespräch erlaubte, dass Jasmin die Katze sogar mit in den Unterricht nahm, ließ nur noch einen Schluss zu …«

»Trudy«, unterbrach Joe sie und schüttelte den Kopf, »ich kapiere nicht, was du uns sagen willst.« Oscar und Marlene nickten heftig.

Trudy holte tief Luft und ließ dann die Bombe platzen: »Das Halsband unserer guten Samira hier«, Trudy tippte auf die Stelle, an der vor einer Stunde noch das prunkvolle Halsband prächtig geschimmert hatte, »dieses Halsband ist mit einem Sender versehen.«

»Mit einem Sender?«, riefen Oscar, Joe und Marlene wie aus einem Munde.

»Jepp, ein Sender«, bestätigte Trudy und freute sich diebisch über die verdutzten Gesichter ihrer Freunde. Am besten gefiel ihr Oscars erstaunter Blick. »So wusste Herr Murali ganz genau, wo seine Tochter sich aufhielt, weil sie Samira immer dabeihatte.«

»Verstehe.« Marlene nickte und fragte: »Doch wo ist das Halsband mit dem Sender jetzt?«

»Dort, wo es Herrn Murali und die Polizei direkt zu Jasmin führen wird.«

Trudy berichtete ausführlich über ihre Aktion draußen im Moor und wie sie Samiras Halsband mutig über die Anhängerkupplung des Wagens der Entführer gehängt hatte. Das musste schließlich auch mal erwähnt werden.

»Der Rest ist für die Polizei jetzt ein Kinderspiel. Im Halsband ist der Sender versteckt und dieses Halsband hängt ja nun an der Anhängerkupplung des Entführerfahrzeugs. Wohin auch immer sie Jasmin verschleppen wollen, der Sender fährt mit. Herr Murali kann nun in Ruhe seine Tochter befreien.«

»Trudy«, hauchte Marlene ergriffen. Immerzu: »Trudy, also Trudy.«

»Ganze Arbeit«, meinte Joe anerkennend und hielt Trudy seine Hand zum Abklatschen entgegen.

»Hey«, meinte Oscar und schielte mächtig lange auf seine Schuhspitzen, »das war ziemlich schlau von dir.«

Es klang wie Musik in Trudys Ohren. Beinahe fühlte sie sich versöhnt, nur das »ziemlich« hätte Oscar sich sparen können.

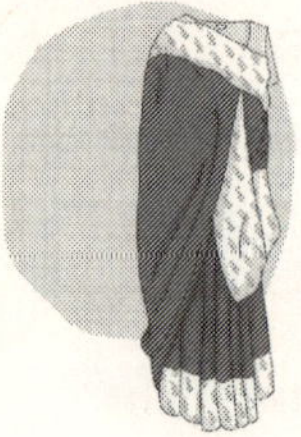

Tausche Karorock, biete ...

Stunde um Stunde hockten Trudy und Marlene am Fenster in Trudys Zimmer und warteten auf Jasmins Rückkehr. Doch nichts geschah. Als Victor seine Nachtwächterrunde machte, warteten sie schon auf ihn.

»Äh, Victor?«, flüsterte Trudy mit aller Liebenswürdigkeit, die sie zusammenkratzen konnte. »Gibt es schon Neuigkeiten von Frau Korn oder Jasmin?«

Victor drehte sich langsam und würdevoll auf dem Absatz seiner schwarz glänzenden Schuhe um und nickte zu Trudys und Marlenes Verwunderung ihnen freundlich zu. »Ja, Mädchen, die gibt es. Frau Korn wird noch in dieser Stunde zurückkehren und morgen früh zu den Schülern sprechen.«

Victor wollte schon weitergehen, als Trudy ängstlich flüsterte: »Und was ist mit Jasmin?«

Das Gesicht des Hausdieners zeigte echtes Bedauern. Er schüttelte nur den Kopf und meinte: »Tut mir leid, darüber habe ich keine Informationen.«

Es war mitten in der Nacht, als Trudy aus dem Schlaf erwachte, weil sie auf dem Flur vor ihrem Zimmer ein leises Stimmengemurmel hörte. Sie lauschte ein wenig, dann war sie sich sicher. Mit einem Satz sprang sie aus dem Bett und riss ihre Tür auf. Tatsächlich. Dort standen Isolde Korn, die den rechten Arm in einer Schlinge um den Hals trug, Victor, der die Tür zu Jasmins Zimmer aufschloss, Herr Murali, der schützend seinen Arm um jemanden gelegt hatte …

»Jasmin?«, fragte Trudy leise und war sich erst sicher, als diese sich zu ihr herumdrehte. Es war also kein Traum.

»Trudy!«, rief Jasmin und fiel ihr um den Hals.

»Wir zwei haben ein ernstes Wörtchen miteinander zu sprechen«, sagte Herr Murali und sah Trudy aus seinen dunklen Augen messerscharf an.

»Sie nehmen mir die Worte aus dem Mund«, meinte Isolde Korn, und Trudy wurde es etwas flau in der Magengegend.

»Du hast dich selbst heute vollkommen leichtsinnig in allerhöchste Gefahr gebracht, Mädchen«, begann Herr Murali ohne Umschweife mit seiner Standpauke. Doch was war das? Ein zartes Lächeln, wie ein Schmetterlingsflügelzittern, huschte über sein Gesicht, als er fortfuhr: »Aber das, was du heute für meine Tochter getan hast … Du hast vermutlich ihr Leben gerettet mit deiner mutigen Aktion.«

Victor ließ den Schlüsselbund fallen, Isolde Korn schnappte wie ein Fisch auf dem Trockenen nach Luft und Jasmin umarmte Trudy noch fester.

»Hey, du erdrückst mich ja«, meinte Trudy bescheiden. Was sollte sie auch sagen?

Am nächsten Morgen musste Trudy einen Augenblick lang überlegen, ob sie das alles nur geträumt hatte. Sie schlüpfte in ihre Schuluniform und kletterte durch den Geheimgang nach unten, um Marlene aufzuwecken.

»Hey, was ist denn mit dir los?«, rief Marlene verschlafen und betrachtete erstaunt ihre fertig angezogene Freundin.

Das hatte es in all den Monaten, seitdem sie nun schon auf die Sherlock-Holmes-Academy gingen, noch nie gegeben. Niemals zuvor war Trudy früher wach gewesen als sie.

Trudy erzählte von ihrem nächtlichen Treffen mit Herrn Murali und Jasmin.

»Du meinst: Lila«, korrigierte Marlene sie sacht, während sie sich anzog.

»Von mir aus.« Trudy war das schnuppe. Für sie würde Lila immer Jasmin bleiben.

Der Frühstückssaal war um eine Minute nach acht bis auf den letzten Platz gefüllt. Frau Korn betrat den Raum, und als Herr Murali mit seiner Tochter hinter ihr herkam, brach ein tosender Applaus los. Minutenlang klatschten und johlten die Schüler vor Freude über Jasmins Rettung.

»Ähäm«, räusperte Isolde Korn sich und nickte dann Herrn Murali zu, der sich ein Glas vom Frühstückstisch geholt hatte und laut mit einem Messer dagegenschlug. Endlich verebbte das Gemurmel.

»Wie ihr unschwer erkennen könnt, sind Jasmin, äh, ich meine Lila und meine Wenigkeit – bis auf eine winzige Blessur …«, die Schulleiterin deutete auf ihren rechten Arm in der Schlinge, »also: Wir sind wohlauf.«

Wieder toste ein Beifallssturm durch den Speisesaal. Aber weil Herr Murali sich nun neben Frau Korn stellte, weil er auch etwas sagen wollte, wurde es schlagartig still.

»Ich habe die Rettung meiner Tochter einer sehr umsichtigen, wenn auch leichtsinnigen Schülerin dieser Academy zu verdanken. Trudy Taff, wo steckst du?« Er sah sich suchend im Speisesaal um.

»Hier.« Trudy winkte ihm von ihrem Platz am Fenster aus zu.

»Trudy!«, »Trudy!«, »Trudy!«, riefen ihre Mitschüler erst vereinzelt, dann im Chor.

Herr Murali winkte sie zu sich heran.

Na, das hat mir gerade noch gefehlt, dachte Trudy entsetzt, als sie spürte, wie ihr die Hitze ins Gesicht schoss.

»Liebe Trudy«, begann er und alle lauschten gespannt seinen Worten. »Ich bin dir zu großem Dank verpflichtet, und das gleich in doppelter Weise. Zum einen hast du mitgeholfen, meine Tochter aus den Händen der Entführer zu befreien. Aber du hast uns darüber hinaus auch direkt zu einer der größten Kunstschmugglerbanden für indische Kulturschätze geführt.«

»Echt?«, fragte Trudy verblüfft. »Es ging also wirklich um Kunstraub?«

»Oh ja.« Herr Murali nickte eifrig. »Und zwar im ganz großen Stil. Diese Schmuggler haben auf Bestellung Dörfer im Süden Indiens geplündert. Es sind in London sogar in geheimen Kreisen Kataloge kursiert, in denen sich reiche Leute die Schätze aussuchen konnten, die die Gauner dann in ihrem Auftrag raubten.«

»Was geschieht jetzt mit diesen Kunsträubern?«, fragte ein sommersprossiger Junge in der ersten Reihe.

»Oh, die Bande ist dingfest gemacht und sie erhalten einen Prozess. So schnell kommen die nicht wieder auf freien Fuß«, erklärte Herr Murali.

»Dann waren dieser Mann im karierten Sakko und der Herr im schwarzen Nadelstreifenanzug die Kunstdiebe?«, fragte Marlene von weiter hinten.

»Genau, ich war ihnen schon eine ganze Weile auf den Fersen. Als ihre Spur mich hierher ins schottische Hochmoor führte, entschied ich, meine Tochter nicht allein mit ihrer Nanny in Indien zurückzulassen.« Herr Murali lächelte Lila glücklich an. »Diese Männer hatten meine wahre Identität herausgefunden und mir mit der Entführung meiner Tochter gedroht, wenn ich ihre Spur länger verfolgen würde. Deshalb bin ich Ihnen, Frau Korn, auch sehr dankbar, dass Sie meiner Lila Personenschutz gewährt haben.«

Wieder applaudierten alle und Isolde Korn wippte etwas verlegen auf den Zehenspitzen vor und zurück.

»Aber woher wussten die Diebe, dass sie Jasmin, äh, Lila hier in der Academy finden konnten?«, fragte Violetta, und als die anderen ihr murmelnd zustimmten und ihr dabei bewundernde Blicke zuwarfen, nickte sie noch ein bisschen hochnäsig dazu.

»Sie haben ganz einfach ein Gespräch im Antiquitätenhandel von Herrn Martins belauscht. Schüler haben sich dort über eine neue indische Mitschülerin unterhalten. Die Kunstdiebe mussten nur noch eins und eins zusammenzählen, denn in diesen Laden hatte ich die Gauner mit einer fingierten Bestellung gelockt«, erklärte Herr Murali und zwinkerte Trudy und Marlene zu. Das sollte wohl so viel heißen wie: Nein, ich werde nicht verraten, dass ihr zwei durch euer Gespräch im Antiquitätenhandel das Versteck meiner Tochter preisgegeben habt.

»Gut«, sagte Lilas Vater und blickte noch einmal in die Runde. »Ich denke, es ist alles gesagt, nicht wahr, Lila?«

»Nein, Papa«, antwortete diese leise und flüsterte ihrem Vater etwas ins Ohr. Herr Murali zog Stück für Stück seine Augenbrauen in die Höhe und nickte hin und wieder, während er den gewisperten Worten seiner Tochter lauschte. Plötzlich richtete er sich wieder auf und sah Trudy strahlend an.

»Lila sagte mir gerade, dass du ihr deine komplette Schuluniform des vergangenen Jahres geschenkt hast«, begann er zu schwärmen und auch Isolde Korn stimmte nickend zu.

»Och«, machte Trudy abwehrend, »das war doch kein Ding.«

»Für dich vielleicht nicht, Trudy Taff. Aber ich will sie dir ersetzen.« Herr Murali strahlte sie an, als hätte er ihr eine Jahresportion Piep-Kuchen im »Kupfertopf« versprochen.

»Nein!«, rief Trudy erschrocken. »Wirklich, das will ich nicht.«

»Keine Widerrede!«, wehrte Herr Murali großzügig ab.

Trudy schluckte und dennoch schwoll der Kloß in ihrem Hals mehr und mehr an. Sie fing Marlenes bestürzten Blick auf.

»Da ich aber von schottischen Schuluniformen nicht halb so viel verstehe wie du, Trudy Taff …«, sagte Lilas Vater und zwinkerte ihr geheimnisvoll zu, »deshalb dachte ich mir, ich schlage dir einen Tauschhandel vor.«

»Einen Tauschhandel?« Trudy horchte auf.

»Ja, einen Tausch. Du hast meiner Tochter deine schottische Schuluniform geschenkt. Ich schenke dir einen original indischen Sari.«

»Einen … was?«, fragte Trudy verdutzt, und als ihr Blick an Jasmin hängen blieb, wusste sie, was Herr Murali meinte. Er sprach von einem indischen Wickelkleid.

Überall im Speisesaal seufzten Mädchen sehnsüchtig oder ein wenig neidisch auf, als sie das Versprechen des Herrn Murali hörten. Trudy aber strahlte von einem Ohr bis zum anderen.

Tausendwenigereine Nacht

Herr Murali hielt Wort. Und wie. Es war beim Mittagessen im Speisesaal, als Victor Trudy einen Brief auf seinem Silbertablett an den Tisch brachte. Doch nicht nur ihr. Er brachte jeder Schülerin und jedem Schüler einen solchen blassblauen Brief.

> Einladung
>
> Am heutigen Abend findet im Speisesaal ein kleines Fest zu Ehren der Rettung meiner Tochter Lila Jasmin statt. Du bist herzlich eingeladen und findest in deinem Zimmer einen Sari, den du (mit Erlaubnis der Schulleitung) heute Abend gegen deine Schulkleidung eintauschen darfst.
> Wir erwarten dich um 19 Uhr.
>
> Herzlichst, Familie Murali

»Das … das …« Trudy rang noch nach Worten, als Marlene ihr aushalf: »Das wird der schönste Abend überhaupt in der Sherlock-Holmes-Academy.«

Trudy nickte. Ja, so etwas in der Art hatte sie sagen wollen.

Sie stürmten ihre Zimmer, und tatsächlich: Auf ihren Betten lagen in weißes Seidenpapier eingewickelte Saris. Marlenes neues Wickelkleid war dunkelgrün, Trudys Sari war azurblau.

Zum Glück war Lila Jasmin nicht mehr in ihrem Zimmer eingesperrt, und so sah man sie den ganzen Nachmittag durch die Flure huschen. Wieder und wieder zeigte sie all den glücklichen Mädchen, wie man einen Sari richtig wickelte.

Zum Schluss hatte sie sich noch vorgenommen, Ordnung in Trudys Haare zu bringen. Doch irgendwann, als sie so dastand und sich Trudys widerspenstige Haarsträhnen durch die Finger gleiten ließ, murmelte selbst die so geduldige Lila Jasmin: »Hoffnungslos.«

Der Speisesaal war festlich geschmückt. Aber nicht in der Weise, wie Trudy und Marlene es schon zu anderen Anlässen gesehen hatten. Unzählige bunte Seidenlampions hingen von der Decke herab und dort, wo sonst das Frühstücksbuffet aufgebaut wurde, bog sich eine Festtafel mit Reis-, Gemüse- und Fleischgerichten. Es duftete nach Curry, Ingwer und süßlichem Kardamom.

Von irgendwo beschallte leise indische Musik den Speisesaal, und Trudy fragte sich, ob sie wohl einen Bauchtanz aufführen müsste.

Sie probierten die verschiedenen indischen Gerichte und bestaunten den sternenklaren Himmel, der sich draußen am Horizont bis weit hinter die Sherlock-Holmes-Academy auftat. So etwas bekam man hier, im tiefsten Hochmoor Schottlands, nicht oft zu sehen.

Plötzlich aber erstarb die Musik und Herr Murali klopfte mit einem Löffel an sein Glas. »Ähäm«, machte er und wartete, bis es leiser geworden war. »Lila Jasmin hat sich gewünscht, dass wir ihre Freunde zu diesem Fest einladen.«

Marlene und Trudy zwinkerten sich zu.

»Dennoch«, fuhr Herr Murali fort, »dennoch hörte ich von der Feindschaft zwischen dieser Academy und der I.O.S. Deshalb musste ich lange mit eurer Schulleiterin verhandeln, bis ich unsere soeben eingetroffenen Gäste hierher einladen durfte.«

Die Luft knisterte vor Spannung, als die breite Flügeltür sich öffnete und vier Personen hereinkamen.

»Tante Rita!«, rief Trudy erstaunt und erfreut zugleich. Tante Rita sah bezaubernd aus. Auch sie trug einen Sari und mit ihrem rabenschwarzen Haar sah sie wirklich ein wenig wie eine Inderin aus. Tante Rita winkte kurz in Trudys Richtung und ging dann auf Lila Jasmin zu, um diese herzlich zu begrüßen.

Erst jetzt sah Trudy die anderen drei Gäste und es verschlug ihr den Atem. Dort, in der weit geöffneten Tür, stand Herr Martins. Nein, das verwunderte niemanden. Das, was einer Sensation glich, die niemand in der Sherlock-Holmes-Academy jemals für möglich gehalten hatte, waren die zwei Jungs, die neben Herrn Martins standen.

Oscar und Joe von der I.O.S.!

Nach mehreren Schrecksekunden ging in einem wahren Tumult unter, was Herr Murali noch sagen wollte.

Lila Jasmin aber strahlte vor Glück. Sie schaufelte für Oscar und Joe immerzu Leckereien vom Buffet auf deren Teller und amüsierte sich köstlich darüber, dass das Essen den beiden offenbar viel zu scharf war.

»Pöh«, machte Trudy und wollte gerade empört aus dem Speisesaal flüchten, als Lila Jasmin sich ihr in den Weg stellte. »Geh nicht, bitte.«

Trudy kämpfte mit sich und warf einen ärgerlichen Blick zu Oscar hinüber, der mit Joe das Buffet plünderte.

Lila Jasmin aber zog Trudy mit sich zurück in den

Festsaal und sagte: »Ich hab dir doch noch gar nicht gezeigt, wie man in einem Sari tanzt.«

Und das machte sie dann. Es sah traumhaft aus. Lila Jasmin tanzte. Sie bewegte sich so anmutig, so graziös, dass Trudy und nach und nach auch alle anderen Gäste sie einfach nur anstarren konnten. Trudy weigerte sich stur, Lila Jasmins Aufforderung zu folgen und mit ihr zu tanzen. Erst als Evie und Violetta, Tante Rita und Isolde Korn, ja selbst ihre beste Freundin Marlene es Lila Jasmin nachmachten, erst dann traute auch Trudy sich, ein wenig zu dieser orientalischen Musik zu tanzen. Und nicht nur sie. Trudy staunte nicht schlecht, als sie sogar Herrn Lambus auf seinen Strickstockbeinen zur Musik wackeln sah. Und sogar Frau Olivetti, die immer so ordentlich und adrett gekleidete Lehrerin für Geheimtinten, wagte ein kleines Tänzchen.

Trudy aber tanzte immer ausgelassener und fühlte sich selbst ein kleines bisschen wie eine indische Prinzessin. Sie hatte ja keine Ahnung gehabt, dass sie so begabt in Bauchtanz war. Nur dieser Trottel von Oscar nahm keine Notiz davon, weil er Lila keine Sekunde aus den Augen ließ.

Es war ein wundervolles Fest, doch immer wieder warf Trudy Oscar grimmige Blicke zu, als sie sah, dass er und Joe sich über sie und Marlene lustig machten.

Sollten sie doch ihre Zeit verplempern. Sie verpassten das Beste.

Um zehn Uhr gab es ein kleines Feuerwerk. Sie quetschten sich alle vor die bodentiefen Fenster des Speisesaals.

»Trudy, Marlene?«, flüsterte Lila Jasmin hinter ihnen. »Kommt mal mit.« Sie schlichen unbemerkt aus dem Speisesaal. Natürlich interessierte sich niemand für sie, bei dem Feuerwerksspektakel am nachtschwarzen Himmel über dem Wollmoor.

Trudy fragte sich gerade, was Lila Jasmin nun noch für eine Überraschung aus dem Ärmel zaubern würde, als diese nicht nach oben in ihr Zimmer, sondern die breite Treppe in die Eingangshalle hinabstieg.

»Was hat das zu bedeuten?« Marlene starrte verwirrt auf all die Koffer und Taschen, die sich dort unten vor Victors Büro türmten.

»Das bedeutet, dass wir abreisen«, sagte Lila Jasmin mit leiser Stimme und sah mit einem feuchten Schimmern in den Augen abwechselnd Trudy und Marlene an.

»Ihr reist ab?«, fragte Trudy entsetzt. Wie schnell sich doch gute Laune davonstehlen konnte. Das glückliche Kitzeln in ihrem Bauch löste sich auf wie brauner Kandis in heißem Tee.

Lila Jasmin nickte. »Papas Auftrag ist erledigt und wir können nach Hause.«

»Du willst zurück nach Indien?«

Marlene sah so entsetzt und traurig aus, als ob sie ihr Lieblingslehrbuch über Geheimcodes versehentlich im Klo versenkt hätte.

»Aber warum? Gefällt es dir bei uns nicht?«, fragte Trudy halb verzweifelt. Hatte sie doch gerade erst angefangen, die Neue ins Herz zu schließen.

»Unsinn, Trudy. Die Zeit hier bei euch werde ich nie vergessen. Wie sehr wünschte ich, dass ich hierbleiben dürfte. Aber es geht einfach nicht. Papa hat schon seinen nächsten Auftrag bekommen und so reisen wir zurück nach Indien. Ich möchte euch noch das hier schenken«, flüsterte Lila Jasmin und legte Trudy und Marlene je einen leuchtenden Edelstein in die Hand. »Ihr wisst schon, die sind von Samiras Halsband.« Sie deutete auf das Katzenkörbchen, in dem Samira auf die nächste Reise wartete. »Ich kann nicht sagen, ob sie echt sind …«

»Das spielt nun wirklich keine Rolle!«, rief Trudy und drehte den kleinen glitzernden Stein im Lichtschein des Kronleuchters, der mittig über der Eingangshalle hing.

»Was spielt keine Rolle?«, rief Herr Murali von der

Treppe aus und hatte Isolde Korn, Tante Rita, Victor, Herrn Martins, Oscar und Joe im Schlepptau.

»Och«, machte Marlene nur schulterzuckend und schloss schnell die Hand über dem Schatz, den Lila Jasmin ihr soeben geschenkt hatte.

»Tja«, seufzte Herr Murali und sah seine traurige Tochter bedauernd an. »Es ist Zeit zu gehen.«

»Wir können Sie nicht überreden, Ihre bezaubernde Tochter hierzulassen?«, fragte Tante Rita hoffnungsvoll.

»Nein, sehr geehrte Frau Taff. Es tut mir leid. Aber das Kostbarste in meinem Leben steht hier neben mir.« Er legte schützend einen Arm um seine Tochter, bevor er weitersprach. »Wohin auch immer wir reisen werden, mein größter Geheimauftrag im Leben ist die Sicherheit meiner Tochter.«

»Och, das haben Sie jetzt aber schön gesagt!«, rief Tante Rita und drückte Lila Jasmin beide Hände gleichzeitig zum Abschied. »Leb wohl, mein Kind. Und Sie …!«, sagte sie und tippte Herrn Murali auf die Brust, »Sie versprechen, bei Ihrem nächsten Einsatz in der Gegend uns zu besuchen. Mit Lila natürlich.«

»Das muss ich nicht versprechen, gnädige Dame. Das ist selbstverständlich.« Herr Murali verbeugte sich vor Tante Rita und dann verabschiedeten sie sich.

Trudy hatte mit den Tränen zu kämpfen, als sie Lila Jasmin ein letztes Mal umarmte.

Victor trug die Koffer ins Auto der Limousine und der Chauffeur hielt ihnen die Wagentür auf.

»Ich danke Ihnen von Herzen für diesen wundervollen Abend, Herr Murali«, sagte Isolde Korn auf dem Weg nach draußen. »Es war ein Fest wie aus Tausendundeiner Nacht.«

»Oh nein!«, rief Lila Jasmin von der Rückbank des Wagens aus. »Dieses Fest war so anders als all die anderen einsamen Abende dort oben in ihrer wundervollen Academy. Für mich war es ein Abend wie aus Tausendwenigereine Nacht.«

»Tausendwenigereine Nacht«, flüsterte Marlene und schlang zitternd die Arme um ihren Körper, als der Wagen Lila Jasmin aus ihrem Blickfeld in die schwarze Nacht entführt hatte.

»Ich werde sie vermissen«, gab Trudy zu, und sosehr sie ihre Augen auch anstrengte, sie konnte die Rücklichter der Limousine nicht mehr sehen.

Die anderen waren längst zurück in den Festsaal gegangen und man hörte sie dort oben fröhlich feiern. Die meisten Schüler wussten noch nicht einmal, dass Lila Jasmin abgereist war. Das würde Isolde Korn ihnen morgen erzählen. Nicht heute, an diesem denkwürdigen Tag in der Sherlock-Holmes-Academy.

»Weißt du, Marlene …«, sagte Trudy nach einer Weile. Irgendwo in der Ferne schrie ein Kauz. »Etwas Gutes hat Lilas Abreise ja doch.«

»Was denn, Trudy?« Marlene betrachtete gerade den funkelnden Edelstein in ihrer Hand, der selbst im schwachen Mondlicht schimmernd glänzte.

Doch dieser Edelstein funkelte nicht halb so schön wie Trudys Augen, als sie sagte: »Oscar und Joe werden jetzt hoffentlich wieder zu Verstand kommen.«